PIT e BELINHA
SOB NOVA DIREÇÃO
Tiza Lobo
EDITORA GLOBO

Amados e queridos ou
Queridos e amados,

Estamos animadíssimas.

Já viramos programa de TV, DVD, blog e agora vamos virar livro!!!

Nossos blogs serão editados.

Não é sensacional?

Quando contamos isso para Franco e Moreno, os dois quase tiveram uma síncope!

Franco ficou roxo e Moreno se benzia o tempo todo.

Ficamos sem entender direito aquelas reações estranhas, até que, chorando, Franco confessou que sentiria muita falta de nós duas, apesar de achar ótimo o fato de que ficaríamos mudas e não sairíamos mais gritando com eles por aí.

Não entendemos direito, e ele explicou: "Livro não fala! ".

O que mais nos encanta no livro é que seremos eternizadas e congeladas, evidentemente!

No livro, jamais teremos rugas, jamais precisaremos pintar os cabelos todo mês – isso quando começarmos a ter cabelos brancos, o que ainda vai demorar muito . Ficaremos magras, sorridentes, bonitas e gostosas para sempre.

É simplesmente espetacular!

Claro que continuaremos escrevendo no blog, mas o livro é um pedacinho das nossas vidas que queremos que tenham pra sempre junto de vocês...

PIT: Que cara é essa, Belinha?

BELINHA: Pit, só dei uma saidinha pra ir ao banheiro e você escreve essa frase pra lá de cafona?

PIT: Qual?

BELINHA: "...o livro é um pedacinho das nossas vidas que queremos..." Presta atenção, Pit. Você quer um livro chique ou um livro brega?

PIT: Você está querendo insinuar que sou brega e você é chique?

BELINHA: Eu não estou insinuando, estou afirmando!

PIT: E você gostaria de escrever como?

BELINHA: Um texto elegante, assim como: " o livro será nosso legado, a fim de que seja eternizado junto a você, querido admirador..."

PIT: E eu é que sou brega?

BELINHA: Olha aqui, Pit. Você tem que tocar no fundo do coração do leitor, além de deixá-lo tranqüilo, certo de que vamos continuar a escrever. Temos que mostrar a importância da decisão de virar livro! É um pedacinho da nossa intimidade que estamos compartilhando com a humanidade...

PIT: Essa parte eu adoro. Tudo o que eu mais quero é dividir minha intimidade com um homem forte, sarado, de mais ou menos 1,80 metro, com bíceps e tríceps acentuados, já estabelecido na vida, que me ame loucamente e queira formar uma família. Não entendo por que não consigo encontrar esse homem. Exijo tão pouco... Quem sabe não encontro um leitor que se encante e...

BELINHA: Pit, chega! Vamos acabar logo nossa apresentação aos leitores.

PIT: Ai, como você é tensa! Pra escrever preciso elaborar, e estou aqui elaborando, pensando que tenho 30 anos, né? Até conhecer alguém, me apaixonar vou ter 31, até....

BELINHA: Pit, chega! Concentra no livro!Temos prazo !

PIT: Tenho prazo é pra me apaixonar, casar e ter filhos...

BELINHA: Você não consegue pensar em outras coisas, não?

PIT: Pra você é fácil né, Belinha? Já casou quatro vezes!

BELINHA: E você quer que eu faça o quê? Que te peça desculpas por ter me casado quatro vezes?

PIT: E precisa ficar me jogando isso na cara o tempo todo? Pára de falar quantas vezes você já casou, todo mundo já sabe!

BELINHA: Pit, podemos voltar ao livro?

PIT: Gente, eu amo este livro! Fico imaginando aqueles leitores maravilhosos nos olhando, nos pegando, nos folheando...

BELINHA: Cadê meus óculos?

PIT: E desde quando você usa óculos?

BELINHA: Desde que virei escritora. Bom, vamos terminar: "Amados leitores, desde já gratas pela preferência. Até breve... Pit e Belinha "... Que tal?

PIT: Não sei em que planeta você vive, mas no planeta em que vivo a gente se despede assim: " Tchau", "Falou", "Té mais", "Demoro "...

BELINHA: Que maneira de falar! Vamos tentar de novo:

Adorados leitores,
Esperamos por vocês.
Demoro... Até breve...
Pit e Belinha

**Quinta-feira
04 de agosto
2005**

NOSSO BLOG, PLOC, CLOC, SEI LÁ!

Amados,

Eu e minha amiga Pit achamos que contar tudo o que a gente tem pra contar em apenas um só dia por semana é pouco, muito pouco. Daí que resolvemos ter um ploc...

A Pit me diz que não é ploc. É blog. Não tenho a menor idéia do que significa blog, mas acho que não significa nada. Portanto, ploc, blog, cloc, dá no mesmo.

Quero registrar aqui meus pensamentos, minhas dúvidas, minhas certezas... Não que eu tenha muitas dúvidas na vida. Aliás, tenho mais certezas do que dúvidas... Ou será que tenho mais dúvidas do que certezas? Ai, fiquei na dúvida...

Beijos, Belinha.

**Quinta-feira
04 de agosto
2005**

O NANDO É UMA GRACINHA!

Oi, gente! Saí com o Nando! A gente tá namorando. Cara, ele é tudo de bom, e estou sentindo que o nosso lance está caminhando para um compromisso mais sério.

Acho que a Belinha já contou pra vocês que resolvemos ter um blog.

Aliás, acho, não, tenho certeza de que já contou, pois ela tem mania de contar tudo primeiro. Nunca deixa um só assunto pra mim. É só eu querer contar alguma coisa que lá vai ela e pronto! Conta tudo, e eu fico naquele vácuo...

Beijinhos, Pit.

Quinta-feira
04 de agosto
2005

CINCO MOTIVOS PARA NÃO CASAR

Quero aproveitar esse espaço para esclarecer algumas coisas a meu respeito.

Andam falando por aí que sou uma mulher muito volúvel, só porque me casei quatro vezes. Gostaria de deixar bem claro que não. Não sou uma mulher volúvel. Sou uma mulher que pesquisa. E cada casamento meu foi uma espécie de material de pesquisa.

Como é que vou saber se aquele homem será realmente um bom marido sem experimentar?

Tenho que admitir que essas quatro experiências me provaram que o casamento é uma instituição jurássica e ultrapassada. Vou justificar minha teoria:

1. Não posso dormir com minha camiseta puída nem com minhas meias com furo no dedão. (Não tem problema, porque não sinto frio no dedão.)

2. Não posso dormir com minhas máscaras de cremes para manter a pele limpa e jovem, a não ser que eu faça isso depois que o marido durma e tire antes que o marido acorde. Meu segundo marido dormia às 2 da manhã e acordava quatro horas

depois. Depois de um tempo, tive que fazer tratamento para olheiras profundas.

3. Toda vez que acordo o banheiro está ocupado, porque ele tem que fazer tudo de uma vez só: banho, barba, etc.

4. Quando consigo entrar no banheiro, tenho que baixar a tampa da privada e secar o chão, e ele ainda reclama só porque usei o aparelho de barbear dele.

5. Sempre tem que ter uma comidinha gostosa pra ele quando chega. Ora, francamente! Tenho lá cara de livro de receitas?

Beijos! Belinha.

Quinta-feira
04 de agosto
2005

SCHUMACHER OU RUBINHO? FICO COM O ALONSO!

Bom, eu sou a Pit, tenho 30 anos e vou fazer 31, o que significa que, se eu me casar daqui a dois meses e engravidar imediatamente, daqui a 11 meses terei um filho e, finalmente, constituirei família.

Sei que estou indo meio devagar, mas posso garantir que não é porque eu quero. Em se tratando de casamento, estou mais para Rubinho do que para Schumacher... Quero dar uma reviravolta na minha vida e me tornar um Fernando Alonso... Que por sinal é um gatinho. Formava uma família com ele...

Mas quem não tem Fernando Alonso vai de Nando mesmo (inclusive rima: Alonso, Nando...). Ih, viajei!

Beijinhos, Pit.

Quinta-feira
04 de agosto
2005

BOM MESMO É EXPERIMENTAR!

Por mais irônico que possa parecer, não sou contra o casamento. Acho inclusive que todas as mulheres devem casar, pelo menos uma vez, nem que seja durante uma semana. Senão, como vão saber?

Como diz o poeta: "Se não os temos, como sabê-lo?".

Impressionante a profundidade dessa questão.

É claro que tento alertar minhas amigas. A Pit, por exemplo. Tento passar minha experiência para ela, mas não adianta nada. Ela quer porque quer passar por isso para ter sua própria opinião.

Ok, é justo. Mas depois não vem chorar no meu ombro dizendo que eu não avisei.

Poderia ficar aqui horas falando sobre esse assunto, mas só de pensar comecei a me coçar inteirinha. Já basta ter que ouvir a Pit falando sobre isso quase diariamente.

Amados, preciso ir! Vou tomar um banho de leite de cabra. É a única coisa que faz essa coceira melhorar. Receita da minha avó.

Ainda tenho que ver o DVD que aluguei do George Clooney num barquinho no meio do oceano. Gente, o que é o George Clooney? Só espero abrir a caixa e não ter um DVD das performances da Pit, tipo Pit II, o Retorno!

Ih, a Pit tá chegando... Fui.

Beijos, Belinha.

PS: Amei este ploc!

Quinta-feira
04 de agosto
2005

OS MEUS TIPOS DE HOMEM

Andei pensando em adiantar as coisas pro meu lado e já providenciei o essencial. Cataloguei os homens em três categorias:

1. Conservadores
2. Modernos
3. Pós-modernos

Estou numa situação que não me permite escolher. Se for um homem bonito, com um corpo sarado, se for viril, se tiver entre 35 e 45 anos, se tiver uma boa situação financeira, se tiver uma mãe que se torne uma ótima sogra e se me amar loucamente, tanto faz que se encaixe em qualquer uma das categorias acima...

Amigas, vou falar baixinho para que ninguém nos ouça, mas, na minha idade, não dá pra ser exigente.

Ainda estou na dúvida em que categoria o Nando se encaixa, mas...

Vocês ouviram um grito?

Ai, que burra que eu sou. Claro que não. Vocês não escutam, só lêem.

É a Belinha! Ela deve estar se afogando no banho de leite de cabra. Ela de um lado e o George Clooney do outro.

Gente, deve ser maravilhoso se afogar na mesma banheira que o George Clooney. Não exatamente num banho de leite de cabra, mas num banho de espuma, de rosas...

Já vou! Tenho que ir, senão ela não pára de gritar.

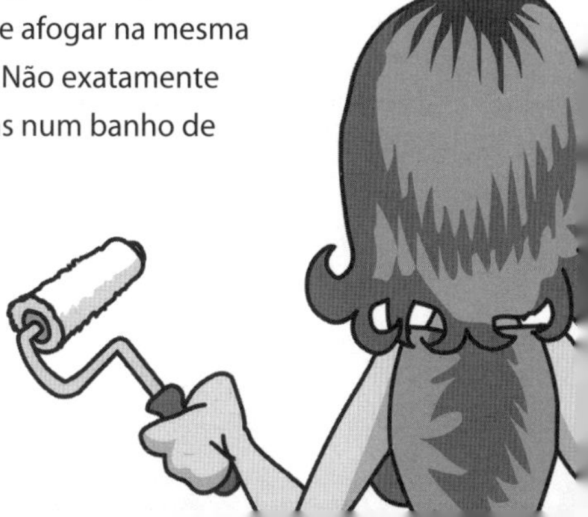

Não posso esquecer de dizer pra Belinha que um blog não precisa de despedidas no final, nem de PS.

Beijos, Pit.

PS: Amo todos vocês!!!

Sexta-feira
05 de agosto
2005

SONHANDO COM GEORGE CLOONEY

Amados,

Dormi na banheira e quase me afoguei!

Vocês acreditam que a Pit viu o filme do George Clooney sozinha e devolveu pra locadora antes que eu pudesse ver?

Isso é que é egoísmo! Ela queria o George todo só pra ela, e olha que ela está namorando!

Mas tudo bem. Enquanto dormia, sonhei que eu e George nos afogávamos juntinhos e de mãos dadas num mar de leite de cabra. Foi tão romântico...

Acordei na minha cama com os três gatos da vizinha me lambendo...

Beijos, Belinha.

Sexta-feira
05 de agosto
2005

BEBÊ TEM MANUAL DE INSTRUÇÕES?

Estou me escondendo da Belinha. Ela está uma fera só porque passei a noite com o George. Tudo bem que eu estava no sofá e ele no DVD, mas foi sensacional mesmo assim.

Formava uma família com o George.

A Belinha é muito exagerada. Salvei a vida dela e ela nem me agradeceu!

Entrei no banheiro e a louca estava se afogando. O sonho devia estar bom, porque foi a primeira vez que vi alguém se afogar dormindo e sorrindo!

Tenho que acalmar a fera, porque minha prima Deise vai viajar e me pediu pra cuidar do fofo do Juquinha...

Juquinha é o bebezinho dela!

Será que ele vem com manual de instruções?

Será que a Belinha vai ficar muito zangada?

Será que vou me arrepender?

Será que vou casar logo?

Será que vou ter muitos filhos?

Beijinhos! Pit.

Terça-feira
09 de agosto
2005

ACORDEI DE RESSACA!

Não, amados, eu não bebi!

Já perdi muitas coisas na vida: a chave de casa, a casa propriamente dita, a carteira, o celular umas doze vezes, o emprego, a hora, o avião, o trem, o salto do sapato, quatro maridos, o Rex, o Bob e o Max, mas um bebê, jamais!

Acho que ainda não falei do Rex, do Bob e do Max. Meu último marido, o Carlos, que vocês conheceram, ficou com a guarda deles. Foi um sofrimento muito grande para mim, e tento me recuperar até hoje, mas o tempo vai passando e a gente vai se adaptando à falta que alguns entes queridos nos fazem.

Rex, Bob e Max eram meus cartões de crédito sem limites. Dei nome a eles porque eram muito queridos. Proporcionavam-me momentos inesquecíveis.

Hoje, vivo de lembranças, mas tenho o Ted, que me faz companhia. O limite dele é mínimo, mas tenho fé de que algum dia recuperarei a guarda de meus queridos meninos ou, então, conseguirei fazer de Ted um cartão sem limites!!!

Estão sentindo um cheiro de queimado?

Beijos, Belinha.

Terça-feira
09 de agosto
2005

MEU JANTAR COM O NANDO

Nem posso acreditar que encontramos o Juquinha, filho da minha prima Deise. Que pesadelo!!!

Gente, chamei o Nando pra jantar. Eu mesma cozinhei um pato. É uma receita de família!

Minha tia Ofélia dizia que a melhor maneira de pescar um homem é pela barriga. Achei que estava tudo resolvido, porque vamos combinar que minha barriga é um tanquinho! Tudo no lugar, mas não é nada disso. Tenho que pegar o cara pela barriga dele. A barriga do Nando é um luxo. Com o pato que fiz então!

Ele me disse que ama pato com laranja e odeia pizza.

Vai dizer que esse homem não é um luxo? Alguma coisa me diz que hoje ele vai me dar uma aliança de noivado...

Vocês estão sentindo um cheiro de queimado?

Beijinhos, Pit.

Terça-feira
09 de agosto
2005

QUEIMEI O JANTAR

Acabei de queimar o jantar. A Pit vai me matar!

Ela foi ao cabeleireiro e pediu pra que eu tomasse conta do pato que ela fez pro Nando.

Esqueci!!!

Acho que assim foi melhor. Pato? Quem disse que o Nando come pato?

Acabei de salvar a noite da Pit!

Vou correndo encomendar uma pizza.

Beijos, Belinha.

Terça-feira
09 de agosto
2005

CADÊ MEU PATO?

Engraçado, procurei, procurei e não achei nada queimando. O fogão estava desligado...

Desligado? E o meu pato???

BELINHA!!!!!!!!!!!!!!!!!

Quarta-feira
10 de agosto
2005

DE VOLTA À TERRA!

Queridos leitores,

Estou tão feliz! Sobrevivemos à volta da Discovery à Terra!

Belinha fez tanto terrorismo que, na falta de um abrigo anti-aéreo, passamos a noite dormindo nos bancos da estação do metrô aqui perto do bar, e guardei meu fusca no primeiro estacionamento subterrâneo que achei!

Dizia ela que, se a Discovery explodisse na volta pra casa, poderiam sobrar estilhaços pra tudo quanto é canto!

Fiquei apavorada e pensei: "Não posso morrer solteira!". Na dúvida, fui junto com ela e com os meninos.

Há dois dias que só escuto ela falar sobre espaço, astronautas, Lua, Marte, poeira cósmica, nebulosas...

Pensando bem, vamos combinar que deve ser muito romântico namorar no espaço, flutuando dentro daquela nave. O único problema que vejo é que é tudo muito apertadinho. Não dá pra gente se espalhar, se é que vocês me entendem...

Se eu não conseguir sucesso nos meus planos de casar muito em breve, quem sabe tento a vida na próxima viagem a Marte.

A Belinha me disse que estão pensando em mandar uma tripulação de seis pessoas para Marte, sendo que duas serão mulheres!

Dizem que a viagem até Marte demora seis meses e que é necessário esperar mais dois anos pra que os planetas voltem a se alinhar de tal maneira que dê pra voltar pra Terra.

É o tempo suficiente pra casar com um dos astronautas e formar uma família!

Já posso me ver num vestido de noiva espacial deslumbrante, casada com um astronauta sarado, passando a lua-de-mel em Marte e tendo um filhinho marciano! (Quem nasce em Marte deve ser marciano, ou não?)

Vocês sabiam que a primeira mulher astronauta foi a russa Valentina Terechkova? Não satisfeita em ser astronauta, casou com um astronauta e teve uma filha astronauta... (Estou supondo que a filha era astronauta, mas, se puxou aos pais...)

Mas ela que me aguarde!

Serei a primeira mulher astronauta, casada com um astronauta e com um filho intergalático!

Alguém viu meu celular?

Beijinhos, Pit.

Quarta-feira
10 de agosto
2005

QUANTO DURA UMA PAIXÃO?

Amados,

Antes de mais nada, quero registrar que estou muito orgulhosa da comandante da Discovery que trouxe aqueles rapazes astronautas sãos e salvos de volta à Terra.

Eu tinha certeza de que ela conseguiria. Afinal, era uma mulher no comando!

Tudo bem que, apesar de acreditar cegamente na capacidade da astronauta, achei mais prudente que protegêssemos nossas pessoas de um estilhaço e sugeri que dormíssemos sob o solo.

Não que não confiasse plenamente na maravilhosa Eillen Collins (esse é o nome dela), mas vai que um urubu entra na turbina? Ou que um balão se enrola na hélice? (Será que a Discovery tem hélice?)

A Pit está muito empolgada em fazer parte da tripulação que vai a Marte, mas o ideal é que houvesse um planeta mais perto, porque, segundo pesquisas científicas, eu soube que a paixão entre duas pessoas só dura de dezoito a trinta meses.

Isso significa que a paixão pode acabar antes de três anos.

Imagina o que ela vai ficar fazendo no espaço, trancada dentro de uma nave espacial com um marido já sem paixão e um bebê chorando, fazendo xixi e cocô.

Socorro! Ninguém merece!

É claro que ela ainda pode escolher um dos outros três astronautas, mas não sei se o ambiente na aeronave vai ficar bom.

Proponho que ela procure uma viagem para algum cometa que passe mais perto da Terra. Fica mais fácil voltar pra casa.

Ou, então, quem sabe descobrem que há vida em Marte e ela acaba ficando por lá e casa com um ET?

Amados, acabou de cair uma ficha!

Será que meus casamentos não duram porque o tempo de paixão acaba?

Quanto tempo mesmo eu fiquei casada no primeiro casamento? E no segundo? Vou pegar minha agenda!

Beijos, Belinha.

**Quinta-feira
11 de agosto
2005**

TODO MUNDO GOSTA DE PIZZA!

Amados e amadas,

Ontem eu estava tão mobilizada com a Discovery que nem comentei sobre o pato da Pit.

Lembram que queimei o pato que a Pit fez para o namorado? Pois é, ela ficou uma fera!

Encomendei a pizza da pizzaria mais cara das redondezas, só que eu não sabia que o Nando detesta pizza.

Presta atenção! Quem não gosta de pizza?

Beijos, Belinha.

Quinta-feira
11 de agosto
2005

O SALSICHÃO DO SEBASTIÃO

Queridos leitores,

Que bom que posso desabafar com vocês, porque estou sem falar com a Belinha.

Fiquei um tempão preparando aquele pato com laranja, e ela queimou o pobre. Ainda por cima pediu pizza. O Nando odeia!

Pegamos as velas que eu tinha colocado em cima da mesa para acender durante meu jantar romântico e levei pra calçada da esquina. Comemos o salsichão do Sebastião (ele faz churrasco no porta-malas da Brasília 71 do pai dele) à luz de velas e sentados em cadeiras de praia...

Beijinhos, Pit.

Quinta-feira
11 de agosto
2005

SER OU NÃO SER?

Amados,

Hoje fiz um teste para entrar num grupo de leitura das minhas ex-amigas *socialites*.

Estou tentando uma forma de reaproximação.

Tive que estudar Shakespeare para participar de uma dinâmica de grupo e fui reprovada muito injustamente, só porque expressei minhas sinceras opiniões.

Romeu e Julieta: Alguém deveria ter dito pra esses meninos que se matar por amor não dá! Com tantos meninos e meninas bonitos e simpáticos dando sopa... Sabem o que é isso? Falta de pai e mãe. Os pais não prestam atenção nos filhos, ficam tão preocupados com eles mesmos que deixam essa garotada solta por aí... Dá nisso...

Hamlet: "Ser ou não ser, eis a questão!"... Vamos combinar que existem várias maneiras de resolver as dúvidas desse menino.

1. Vai dar um jeito de procurar o seu verdadeiro eu! Achando, joga o outro fora e fica só com um.

2. Não há nada que uma boa terapia não resolva. Não dá é pra ficar na dúvida...

A megera domada: Que Catarina era uma menina mimada e malcriada todo mundo sabe, mas se Petrúquio se apaixonou por ela é porque gostou dela assim mesmo. Precisava ter deixado a menina passar fome, morrer de frio e sem dormir só pra ela ser do jeito que ele queria? Ora, faça-me o favor! Que mania que os homens têm de querer que as mulheres sejam do jeito que eles querem, e não do jeito que elas são!

Por que não procura aquela que já é assim, e não a que é do outro jeito, pra ainda ter o trabalho de deixar ela assim? Vai entender os homens...

(Mais uma razão pra eu não me casar novamente!)

Ainda tentei dar minha opinião sobre *A tempestade*, mas, antes que eu pudesse falar qualquer coisa, Maria Christinna da Rocha Pereira de Almeida levantou, me agradeceu e me levou até a porta, dizendo: "Quem sabe você não tenta um grupo que estude as histórias em quadrinhos?".

Beijos, Belinha.

Quinta-feira
11 de agosto
2005

DOURADO MICO-LEÃO

Pra vocês terem uma idéia de como anda a minha sorte, comprei uma tinta de cabelo nova. Caríssima!

Era o lançamento da cor "dourado mico-leão". A propaganda diz assim: "Com o dourado mico-leão em seus cabelos, você vai enlouquecer seu namorado! Qual o homem que não quer só para si uma mulher à beira da extinção?".

Bom, coloquei a tinta e a touca térmica que era da minha avó. Meio velhinha, mas funciona, quer dizer, funcionava.

Enquanto eu estava calmamente sentada no sofá, com a touca térmica na cabeça e pintando minhas unhas de vermelho-paixão, ouvi um estrondo!

A luz acabou e deu um curto na touca térmica, que pegou fogo!

Agora sou uma mulher com os cabelos em extinção!

Beijinhos desolados, Pit.

Quinta-feira
11 de agosto
2005

CAIU A LUZ!

Cheguei em casa e estava sem luz. O Horácio puxou a eletricidade e fez um gato na Kombi dele. Deu um curto-circuito!

Trouxe o safado pelas orelhas e fiquei com um rolo de pastel na frente dele até que consertasse o estrago...

Beijos, Belinha.

Sexta-feira
12 de agosto
2005

RICARDO É O MEU DELÍRIO!

Queridos,

Acabei de me deparar com um problemão!

Conheci um homem lindo!

Grande, forte, um espetáculo.

Fui ao cabeleireiro dar um trato geral e, quando cheguei no meu fusca, ele estava mais entalado do que sardinha em lata. Não conseguia sair da vaga de jeito nenhum.

Quando estava à beira de um ataque de nervos, olhei pra frente e vi aquela aparição andando em minha direção.

Pensei: "Não pode ser verdade! Isto é um delírio ocasionado pelo efeito das toxinas da tinta de cabelo no meu cérebro".

Mas o delírio continuava vindo em minha direção, e pensei: "Bom, já que é um delírio, vou aproveitar!".

Ele veio vindo e eu fui andando em direção a ele.

Sabe filme? Ele vindo e eu indo?

Nos jogamos nos braços um do outro e nos beijamos demoradamente.

Sabe aquele beijo bom?

De repente, ouvi aplausos e pensei: "Nossa, isso é que é delírio completo! Tem até figuração!".

Daí me dei conta de que aquele delírio estava real demais.

Me soltei dos braços daquele espetáculo e gritei: "Não! Sou

uma mulher comprometida!" Evidentemente que a figuração, desolada, dispersou, e eu entrei correndo no meu fusca entalado.

Ele, o delírio, bateu na minha janela e me entregou seu cartão. Depois, entrou no carro da frente e foi embora, desentalando o meu.

Gente, tenho que confessar: sou apaixonada pelo Nando, mas o beijo do Ricardo...

Ricardo é o nome do delírio!

Beijinhos, Pit.

**Sexta-feira
12 de agosto
2005**

BITUCA É O MEU PESADELO!

Amados e amadas,

Quero dividir com vocês uma experiência totalmente diferente de tudo o que já passei.

Uma amiga minha, que não posso revelar o nome, me contou que costuma freqüentar sites de encontros.

Eu, como grande pesquisadora de assuntos ligados à natureza humana, resolvi experimentar e me inscrevi num site desses com o pseudônimo de Morena D´Angola.

Comecei a me corresponder com Bituca.

Amados, Bituca não é nome de pessoa. Bituca nem é nome de animal! Mas nossos perfis se encaixaram.

Descobrimos que gostamos das mesmas lojas, dos mesmos filmes, das mesmas piadas.

Coloquei uma peruca encaracolada preta, uns óculos escuros que cobriam mais da metade do meu rosto, um batom pra lá de vermelho e fui até uma cabine dessas que tiram fotos instantâneas. A foto ficou meio embaçada, mas passável, e mandei pro Bituca. Nem morta que ia mandar uma foto com minha carinha linda e com meus cabelos louros...

Bituca me enviou a foto de um gato siamês. Pensei: "Hum, ele está insinuando que é um gato! É uma pessoa que tem uma elevada auto-estima. Gostei!".

Chegamos à conclusão que estava na hora de nos conhecermos e marcamos um encontro num restaurante carérrimo! Pensei: "É rico!".

Coloquei minha peruca, lancei meus óculos e lá fui eu encontrar Bituca.

Confesso que estava um pouco nervosa. De repente, entra uma mulher enorme, parruda, com um ligeiro bigode, carregando um gato siamês no colo.

Aproximou-se da minha mesa e sentou. Tive que pedir que ela se retirasse, pois estava esperando uma pessoa.

Ela olhou pra mim e perguntou: "Morena?".

Gelei e perguntei: "Bituca?".

Ela confirmou com a cabeça e me apresentou Bituquinha, o gato siamês.

Amados, o chão se abriu sob os meus pés.

Francamente, eu mereço?

Fui direto pra delegacia dar queixa de propaganda enganosa contra aquela pessoa que se chamava Bituca...

Bituca também deu queixa contra Morena D´Angola, dizendo que foi enganada pela loura que se passava por morena, e semana que vem estaremos frente a frente numa audiência.

Enquanto isso, ela está me ensinando uns golpes de defesa pessoal e eu dei um jeito de depilar aqueles bigodes.

Ela ainda me apresentou à prima que tem uma butique clandestina em casa. Cada roupa... Vocês iam enlouquecer!!!!

Beijos, Belinha.

PS: Vocês leram o que a Pit escreveu hoje? Acho que ela perdeu o único parafuso da cabeça! Vai que o tal de Nando resolve ler o nosso blog!

Terça-feira
16 de agosto
2005

PENSO, LOGO SOU SOLTEIRA!

Amados,

Estou realmente muito mobilizada com esse ploc, pois ele pode ser usado como um verdadeiro canal de ajuda para muitas e muitas pessoas.

Por exemplo: Pit está neste momento sofrendo de uma considerável dor-de-cotovelo.

Minha reflexão de hoje é para ela. Quem sabe assim ela pára de ficar procurando um marido e vive a vida plenamente, sem pensar em casamento vinte e quatro horas por dia?

Selecionei minhas frases favoritas, que demonstram claramente a verdadeira essência do casamento, ilustrando algumas com breves comentários pessoais...

1. "O casamento é um fardo tão pesado que precisa de duas pessoas para carregá-lo" (Alexandre Dumas) .

Considero que a balança usada para essa avaliação estava precisando de uma calibrada. Só duas pessoas?

2. "Casamento não é o paraíso nem o inferno; é apenas o purgatório" (Abraham Lincoln).

Lincoln deu uma maneirada... Não quis pegar pesado demais, porque o casamento, amados e amadas, é o inferno!

3. "Casamento é a única aventura aberta aos covardes" (Voltaire).

Forte e verdadeiro!

4. "Um homem e uma mulher se casam porque não sabem o que fazer consigo mesmos" (Anton Tchékhov).

Perfeito!

5. "O único encanto do casamento é que ele torna a vida uma decepção absolutamente necessária para ambas as partes" (Oscar Wilde).

Profundo!

6. "Se você tem medo da solidão, não se case" (Anton Tchékhov).

A sabedoria em forma de palavras!

7. "Eu às vezes penso em casar – aí penso mais um pouco" (Noel Coward).

A ponderação leva à perfeição!

8. "Penso, logo sou solteiro" (Winston).

Esse é o homem que usou plenamente sua capacidade de raciocínio.

9. "Casamento é como enfiar a mão num saco de serpentes na esperança de apanhar uma enguia" (Leonardo da Vinci).

Prefiro não comentar. Odeio cobras, serpentes e lagartos. Lagartixas então...

10. "Todos os homens nascem livres e iguais; se depois decidem se casar, a culpa é deles" (Sophie Loeb).

Dá-lhe, Sophie!

11. "O casamento põe fim a breves loucuras – sendo uma longa estupidez" (Friedrich Nietzsche).

Vamos combinar: melhor uma maluquice rápida que uma burrice demorada, né, gente?

12. "Amor: uma perigosa doença mental" (Platão).

Discordo apenas do objeto

do pensamento. Em vez de amor, seria melhor empregar a palavra casamento?! Amor até que é gostoso...

13. "Não é à toa que a diferença entre casado e cansado seja apenas uma letra" (Lope de Vega).

Considero que sou uma pessoa plenamente capacitada para confirmar tal declaração.

14. "O casamento é um espécie de condenação. Casou, danou" (Isabelle y Silva).

Frase de minha autoria, depois de anos e anos de experiência e pesquisas...

As duas frases abaixo são as minhas favoritas:

1. "Maridos são como fogo. Apagam se não são alimentados" (Zsa Zsa Gabor).

2. "Para que casar e fazer um homem infeliz quando se pode fazer feliz a muitos?" (Mae West).

Isto, sim, é sabedoria pura!

São declarações que dispensam qualquer comentário. Não são perfeitas?

E, por fim, a frase que repito todos os dias, como um mantra:

"Casar-se uma vez é um dever, duas vezes é uma tolice, e três vezes uma loucura" (provérbio holandês).

Como já casei a quarta, tenho sorte de não ter sido internada numa camisa-de-força...

Espero que tenha ajudado todas aquelas que, como minha amiga Pit, pensam que o casamento é uma solução!

Beijos, Belinha!

Terça-feira
16 de agosto
2005

MINHA ALMA QUER MUDAR DE CASA!

Amigos,

Li o que a Belinha escreveu hoje no blog, e o que tenho a dizer é que tenho pena, muita pena!

O casamento, para mim, é a confirmação do amor, é o coroamento de um sentimento profundo que une duas pessoas. É a formação da família com filhos, fraldas, chupetas, mamadeiras... Acho melhor pular essa parte.

Jamais vou deixar de procurar meu verdadeiro amor, minha cara-metade, minha alma gêmea. Em algum lugar a criatura tem que estar. Eu insisto, não desisto!

Para aqueles que, como a Belinha, acham que podem viver uma vida sem paixão, sem amor e sem casamento, também tenho recadinhos:

1. "Nada existe de grandioso sem paixão" (Hegel).

Essa é boa pra começar.

2. "Como são sábios os que não passam de tolos apaixonados!" (Joshua Cooke).

Como sou sábia! Vivo apaixonada por vários, até encontrar minha paixão definitiva!

3. "Amor é fogo que arde sem se ver. É ferida que dói e não se sente" (Camões).

Só se for a ferida dele. Meu cotovelo tá doendo bastante...

4. "Quando fala o amor, a voz de todos os deuses deixa o céu embriagado de harmonia" (Shakespeare).

Agora tá explicado que ele bebeu pra escrever *Romeu e Julieta*!

5. "Amemos, porque o amor é um santo escudo" (Camões).

Sem comentários. A frase já diz tudo!

6. "Amar é mudar a alma de casa" (Mario Quintana).

As malas da minha alma estão prontinhas pra mudança. Agora é só saber pra onde...

7. "O amor puro engrandece as almas; e quem sabe amar sabe morrer. Não há pérola semelhante ao amor" (Vitor Hugo).

Só discordo da parte que se refere à pérola. Minha tia Pearl, de 97 anos, continua firme e forte. Nós, as sobrinhas, achamos que ela fica viva de teimosa só pra gente não disputar a maior pérola que vocês jamais viram e que fica pendurada no pescoço dela pra ninguém chegar perto. Disse que, se morrer, a pérola vai junto.

8. "O amor pode fazer um cão ladrar em versos" (John Fletcher).

Gente, um cão apaixonado deve ser fofo!

9. "Tudo o que sabemos do amor é que o amor é tudo o que existe" (Emily Dickinson).

Ok, mas acho que o meu amor está brincando de pique-esconde comigo.

10. "Temer o amor é temer a vida, e os que temem a vida já estão meio mortos" (Bertrand Russell).

Essa é especialmente pra você, Belinha.

11. "Jamais desista de procurar o seu verdadeiro amor. Ele está escondido em algum lugar. É só procurar, procurar, procurar e esperar, esperar, esperar... A esperança é a última que morre" (Pit).

Frase de minha autoria, depois de anos e anos de procura e sem desistir!

Espero ter colaborado para quebrar o gelo de todas aquelas que pensam como minha amiga Belinha.

Gente! Essa galera gostava de uma frase!

Beijinhos, Pit.

Sexta-feira
19 de agosto
2005

EU, ALFREDO E CAIO

Amados meus,

Sei que estive ausente alguns dias, mas vou explicar e vocês vão me entender.

Resolvi começar a fazer exercícios físicos, já que ultimamente só tenho exercitado meu cérebro.

Entrei na melhor loja de tênis que conheço e pedi um exemplar para caminhar.

Pensei que fosse uma coisa simples, mas, imediatamente, a vendedora empilhou várias caixas na minha frente. Tirou um tênis de uma das caixas e explicou com um brilho nos olhos:

"Esse tênis é para qualquer superfície, indicado pela revista americana *Tennis Magazine* como o melhor tênis comercializado nos EUA. Combina leveza, que é seu ponto forte, e durabilidade, além de ser muito macio e oferecer um bonito *design*".

Tirou outro e, mais empolgada, me disse:

"Este pertence à nova geração de uma lenda moderna. Proporciona excelente combinação de durabilidade, amortecimento, suporte e aderência".

Ela me mostrou mais um e, praticamente possuída, falou:

"Este modelo é recomendado para qualquer superfície. Com cabedal em couro sintético, solado com placa antitorsão e amortecedor *triple action*".

Em prol da saúde da pobre vendedora e para evitar que a moça tivesse um ataque apoplético, imediatamente comprei um "tênis indicado para todas as superfícies e composto pelas tecnologias *multipoint, extra action* e equipado com freio a disco e *air bag* duplo"!

Caríssimo!

Finalmente fui dar minha primeira caminhada. Tive alguns problemas até escolher o modelo adequado para usar com um tênis tão cheio de atributos... Optei por um conjunto de malha maravilhoso, comprado numa loja multimarcas.

Já no calçadão, comecei a caminhar lentamente, com medo de machucar Alfredo. Alfredo é o nome do tênis. Achei que, com tantos títulos, ele merecia não só minha deferência, como também um nome.

Eu e Alfredo caminhávamos tranqüilamente. Tomamos sol, respiramos ar puro e admiramos o mar.

De repente, fomos literalmente atropelados e caímos estatelados no chão!

Bati com a cabeça e fiquei ligeiramente tonta. Só o que me importava era Alfredo. Nada podia acontecer com ele. Afinal, só dali a seis cheques pré-datados ele seria totalmente meu. Olhei para a frente e vi que Alfredo estava meio churriado. Achei estranho! Minha visão melhorou e achei que Alfredo tinha crescido, e então dei um grito! O que Alfredo estava fazendo bem na frente do meu nariz, se minhas pernas estavam lá atrás?

Gente, aquele não era Alfredo. Era o tênis que calçava o pé de Caio, o bonitão que havia nos atropelado!

Caio muito gentilmente me ajudou a levantar e, para se desculpar, me levou pra comer a melhor empada que eu já havia comido. Eu e Caio estamos "ficando". Tudo bem que levar pra comer empada no primeiro encontro não é muito romântico, mas Caio é sempre tão original!

Beijos, Belinha

PS 1: Pensei em escrever para o fabricante do tênis, solicitando meus seis cheques de volta. Afinal, nem o freio a disco nem o air bag *funcionaram!*

PS 2: Pensei também em trocar o nome dele de Alfredo para Wallace, mas achei melhor ficar tudo do jeito que estava e emprestar o tênis pra Pit. Quem sabe ela e Alfredo não encontram o gato que a Pit tanto procura?

Sexta-feira
19 de agosto
2005

EM BUSCA DO VERDADEIRO "EU"

Amigos queridos,

Sumi, né?

Mas vocês sabem que passei por momentos difíceis. O fim de um relacionamento é sempre doído.

Fui buscar a paz e curar a dor da perda através do espírito ao lado de amigos que formaram uma comunidade pra lá de Mauá.

Eles se juntaram para procurar a paz, a harmonia e o verdadeiro "eu" de cada um. Acreditam que, quando a gente encontra o verdadeiro "eu", a dor vai embora, pois nesse momento o espírito se identifica com o corpo e: *bye, bye*, dor... (Não entendi nada, mas a gente tem que ter fé e acreditar.)

O lugar é lindo! A gente planta, a gente colhe, a gente come o que produz.

A gente passa fome! Pra falar a verdade, comi tanto verde que esverdeei.

Pirei! Por pouco pensei que havia achado meu verdadeiro "eu" numa folha de alface.

Durante o tempo em que acreditei ser um vegetal, cheguei

até a sentir uma certa paz. Aquela folha ali, sem graça, jogada num canto, sem muitas aspirações, sem muitos planos...

Daí, comecei a me imaginar verde, dentro de um vestido de noiva. Não deu. Não há paz que resista àquele abatimento!

Desencarnei da alface e voltei a procurar o meu "eu"! Daí me deu um medo...

Vai que encontro e não gosto do meu verdadeiro "eu"?

Vai que descubro que o meu verdadeiro ser é gordo, com espinhas e com o cabelo sem brilho?

Vai que o meu verdadeiro "eu" não queira casar, nem usar vestido de noiva, nem passar a lua-de-mel num castelo na Europa?

Vai que só goste de comer rúcula e ache o Horácio um espetáculo?

Vai que, em vez de um fusca cor-de-rosa, tenha uma Brasília amarela?

Vai que goste de música eletrônica e deteste Zezé Di Camargo e Luciano?

Vai que, em vez de ser a melhor amiga da Belinha, meu verdadeiro "eu" seja amiga da Cristina, da novela *Alma gêmea*?

Pânico!

Fiz minhas malas e saí correndo. Tropecei nos porcos e destruí uma casa de abelhas que ali estavam para a produção de própolis.

Tentei pegar carona, mas ninguém me queria – suja de lama, com as roupas rasgadas e cheia de picadas de abelhas – dentro de seus carros...

Consegui uma carona na boléia de um caminhão. O motorista era um gauchão maravilhoso, que, penalizado, cuidou de mim e me alimentou com umas empadas vencidas que achou embaixo do banco. Quando estava me sentindo melhor, ele olhou bem no fundo dos meus olhos e me beijou daquele jeito gauchão de beijar.

Bom, o parágrafo anterior foi o sonho que tive em casa,

depois que consegui pegar carona numa charrete puxada por um burro e que me levou até a rodoviária.

Resolvi que, em vez de procurar meu verdadeiro "eu", tenho que procurar meu verdadeiro amor!

Beijinhos, Pit!

PS: Belinha cismou que tenho que usar o tal do tênis Alfredo. Ela diz que tem certeza de que, com ele, vou encontrar a minha alma gêmea!

Terça-feira
23 de agosto
2005

PELO TELEFONE

Amados,

Não estou começando muito bem minha semana.

Tive uma intoxicação alimentar de tanto comer empada. Acho que só posso ver uma empada daqui a umas duas encarnações.

Terminei tudo com Caio. Olhava pra ele e lembrava de uma empada... Engordei uns três quilos de tanto comer empada! Não dá!

Pra piorar, precisei fazer duas ligações que foram totalmente surreais.

Hoje é aniversário da minha prima Lalá e perdi o telefone dela. Daí, liguei pra tia Ninoca, que é vizinha dela. Tia Ninoca tem 93 anos e está mais pra lá do que pra cá, só que não imaginava que ela estivesse tão pra lá.

Bom, liguei e ela mesma atendeu:

EU: Alou? Tia Ninoca? É Belinha.

TIA NINOCA: Belinha?

EU: Oi, tia Ninoca. Tudo bem com a senhora?

TIA NINOCA: Você me desculpa, minha filha, mas quem é Belinha mesmo?

Pensei alto: "Ih, vai começar"...

E ela respondeu:

TIA NINOCA: Não! Diz pra não começar agora, não, que estou atrasada! Pede pra esperar um pouco que já chego!

Perguntei:

EU: Chegar aonde, tia?

TIA NINOCA: Não sei... Você que disse que já ia começar.

Percebi que a conversa ia ser difícil, daí eu disse:

EU: Vamos tentar começar tudo de novo...

E ela respondeu:

TIA NINOCA: Viu, já vai começar!

Resolvi deixar pra lá e continuar.

EU: A senhora tem o telefone da prima Lalá?

TIA NINOCA: Claro que sei! A Lalá, filha da Lourdes que casou com o Luís, filho da Maria Teresa, e que se casou com a Marília, filha daquela enjoada da Dolores e mãe da Luísa e da Dirlene? Pode uma filha chamada Dirlene?

Aí, falei:

EU: Ih! Tá dando curto!

TIA NINOCA: Não, o cabelo dela não é curto, é comprido, todo anelado, muito bonito!

EU: Tia Ninoca, estou ficando muito confusa. Que conversa louca!

TIA NINOCA: Não, minha filha. Ela não era louca. Louca era a irmã dela, a Bebé. A Bebé era totalmente abilolada, coitada.

Pensei alto novamente: "Sei muito bem quem tá abilolada"...

TIA NINOCA: Você conhece outra abilolada sem ser a Bebé? Minha filha, presta atenção nas suas companhias...

EU: Eu presto, Tia Ninoca, eu presto...

TIA NINOCA: Muito bem, a qualidade das companhias é muito importante... Aliás, quem é que está falando mesmo?

Desisti, me despedi e desliguei. Depois desejo felicidades pra prima Lalá.

A outra ligação foi pra minha amiga Lourdes, que passa a vida fazendo regime. Como engordei com as empadas, resolvi ligar pra ela.

EU: Alou, Lourdes? É Belinha, amada.

LOURDES: Oi, Belinha! Quanto tempo!

EU: Você anda sumida. Tava viajando?

LOURDES: Não, tava fazendo jejum.

EU: Pra variar...

LOURDES. Tava dando uma limpeza no meu interior.

EU: Mas pra quê?

LOURDES: É que percebi que a gente pensa muito no exterior da gente, sabe? A gente só pensa no corpo, no corpo, no corpo...

EU: E o interior do corpo também não é o corpo?

LOURDES: É o avesso do corpo. Tava precisando dar uma geral no meu avesso, porque o meu exterior tá indo.

EU: Fica cada vez mais difícil ver o seu exterior, né, Lourdes? Às vezes, acho que você vai desaparecer!

LOURDES: Fico tão feliz de te ouvir dizendo isso. Você é testemunha da minha luta pra ficar cada vez menos...

EU: Cada vez menos visível. Mas acho que você tá conseguindo. Daqui a pouco vamos precisar de lente de aumento pra te enxergar.

LOURDES: Por isso que estou me dedicando ao meu interior...

EU: Passando fome?

LOURDES: Não é passando fome, Belinha. Tô dando uma limpada no organismo, compreende?

EU: Mais ou menos, Lourdes. Essa tua viagem é muito louca.

LOURDES: Não é viagem, é jejum.

EU: Quando é que você volta a comer?

LOURDES: Quando me sentir limpa e leve...

EU: Daqui a pouco a gente vai ter que amarrar uma cordinha pra você não sair levitando por aí de tão leve...

LOURDES: Belinha, tá rolando um lance estranho... Tô com uma sensação estranha. Parece que estou flutuando... Me dá uma ajuda!

EU: Come uma picanha, uma lasanha. Põe uma consistência nesse interior.

Desliguei e achei melhor fazer um dos meus regimes velhos conhecidos...

Gente, que barulho é esse?

É um reboque trazendo a Kombi do Horácio. O Horácio está lá dentro dormindo, mas cadê a Pit? Ela saiu hoje com o Horácio!

Alguém viu a Pit?

Beijos, Belinha.

Terça-feira
23 de agosto
2005

DA KOMBI PARA A LIMUSINE!

Queridos,

Saí cedo de casa para fazer umas compras numas malharias lá em Petrópolis. Aluguei a Kombi do Horácio, infelizmente com ele dentro, pra me levar até lá.

No meio do caminho a estrada engarrafou e ficamos parados durante horas.

Uns diziam que era uma passeata e que os manifestantes tinham se deitado na estrada, impedindo a passagem dos carros.

Saí da Kombi e tentei chegar aos manifestantes, para tentar colocar um pouco de ordem naquela situação, mas não consegui ultrapassar um grupo que aproveitou pra fazer um churrasco no meio do congestionamento.

Logo depois chegou a notícia de que um elefante havia fugido de um circo que estava numa cidade ali perto e estacionou no meio da pista.

Tentei ligar pro Corpo de Bombeiros, mas meu celular não tinha sinal.

Comecei a ficar muito irritada. O Horácio dormia a sono solto, roncando e babando. Arghhh!!!!

Devia estar uns 40 graus à sombra. Minha maquiagem começou a derreter e tive a impressão de que a Kombi do Horácio também.

De repente, começou a sair fumaça do motor da Kombi e, logo em seguida, o motor deu um estouro.

Uma multidão se formou em volta da Kombi, e o Horácio continuava dormindo. Quando acordou e viu que tudo continuava parado, virou pro outro lado e disse que resolvia o problema da Kombi depois.

Alguém chegou correndo e gritando, dizendo que um disco voador tinha pousado na pista e que seríamos todos abduzidos. Peguei minha bolsa e resolvi que era melhor ser abduzida do que continuar naquele inferno.

Fui andando e desviando dos carros, dos vendedores de água. O churrasco já havia terminado. O engarrafamento era tão grande que eu olhava e me via cercada de carros por todos os lados.

Fiquei pensando: "Quem sabe o meu homem não está aqui, no meio deste engarrafamento? Tenho que ficar atenta e dar uma chance ao destino!".

De repente ouvi uma buzina. Olhei para o lado e vi um carrão maravilhoso, muito parecido com a limusine do Mr. Big, daquele seriado de TV a cabo.

Pensei: "É ele! Só pode ser o meu príncipe! Santo engarrafamento!".

A janela foi se abrindo lentamente, e eu, ansiosa, esperava para ver quem estava por trás daquele vidro blindado e fumê. Aos poucos, a imagem de Mr. Big ia se delineando.

Ooops! Cabelos brancos? Ok, os grisalhos são os mais charmosos. De repente vi óculos escuros.

Hum! Que charme!

Enquanto o vidro descia, meus olhos foram ofuscados pela luz do sol. Apertei os olhos e olhei bem para poder ver meu Mr. Big.

Bom, Mr. Big deve ter por volta de 85 anos e me ofereceu um suco gelado, salgadinhos, música e ar condicionado.

Pensei: "Ok, não podemos ter tudo na vida. Quem sabe o filho dele não é um gato?". E entrei no carro.

Sabe que me identifiquei muito com Wilson? Wilson é o nome do meu Mr. Big. Além de ser proprietário de inúmeras fazendas espalhadas pelo Brasil, tem um castelo na França.

Tivemos uma afinidade imediata!

Ele me contou que casou sete vezes em busca de sua alma gêmea, mas não teve sorte e nem filhos. Quando me viu andando entre os carros, teve certeza de que eu era a mulher dos seus sonhos.

Pensei: "O que importa não é a idade, é o caráter, o interior".

Neste momento, meus queridos, estou sentada na varanda de uma das fazendas de Wilson, onde ele cria cavalos da mais alta linhagem. (Aqui tem *laptop* e banda larga!) Enquanto escrevo estas palavras para vocês, espirro muito – o ar condicionado estava gelado – e acaricio Clotilde, a arara de estimação de Wilson.

Vou passar a noite por aqui, e amanhã Wilson vai me levar para conhecer a fazenda. A gente tá se conhecendo.

Wilson já foi dormir. Ele toma uma sopinha às 7 e em seguida vai dormir. Fofo, vocês não acham? Teremos uma vida calma e tranqüila.

O Horácio? A última notícia que tenho é que a carreta

que estava parada e atravessada na pista foi removida, o engarrafamento acabou e Horácio continuou dormindo como se nada tivesse acontecido...

Aiii! Clotilde acabou de morder meu dedo! Tá sangrando! Arara abusada!

Vou contar pro Wilson!

Wilson!!!!

Beijinhos, Pit.

Quinta-feira
25 de agosto
2005

VICIADA EM HAL

Amados,

Antes de começar a escrever este ploc, ainda não tinha travado um relacionamento tão estreito com um computador.

Acho que nem quando era casada passei tanto tempo por dia com meus maridos como passo, hoje, com Hal.

Hal é o nome que dei ao meu computador, em homenagem ao filme *2001 – Uma odisséia no espaço*. Dei esse nome a ele porque tenho certeza absoluta de que um dia ele ainda vai mandar em mim...

Está ficando cada dia mais difícil olhar para ele e não sair correndo, sentar na frente dele e escrever, navegar na internet, enfim, me relacionar com ele.

Outro dia, estava escrevendo para vocês quando, de repente, Hal desligou sozinho.

Fiquei em pânico e me senti rejeitadíssima.

"Hal não me quer mais!", pensei.

Tentei reanimá-lo de todos os jeitos, mas foi tudo em vão. Chamei o Élcio, meu técnico de computador, e, desesperada, esperei que ele conseguisse trazer Hal de volta à vida.

Graças à Santa Placa-Mãe, Hal voltou para mim.

Abracei Hal, beijei Hal e pedi que ele não me deixasse nunca mais.

Não posso deixar de comentar alguns efeitos colaterais ocasionados por Hal.

1. Nunca freqüentei tantos consultórios médicos. Tive que ir ao oculista, pois, de tanto ficar na frente do monitor, meus olhos começaram a ficar avermelhados e a arder.

2. Semana passada, depois de passar horas com Hal, tentei levantar da cadeira e não consegui. Minha coluna travou e tive que ir ao ortopedista e em seguida ao massagista (de novo...).

3. Tive que entrar para a academia, pois meus músculos já estavam totalmente sem função.

O que posso dizer é que meus médicos estão felicíssimos! Com certeza tenho uma grande parcela de colaboração no aumento da receita mensal de seus consultórios.

Mas tem uma parte de meu corpo que trabalha freneticamente: minhas mãos.

Fico imaginando que, da mesma maneira que a evolução humana se encarregou de diminuir os dentes do siso, de fazer os homens andarem em posição ereta e de diminuir nossos pêlos, também vai dar um jeito de fazer com que os dedos sofram alguma mutação.

Fico imaginando uns dedos imensos saindo diretamente de nossos ombros e trabalhando em velocidade vertiginosa!

Só existe uma coisa capaz de nos salvar de tamanha aberração: a voz!

Todos os eletrônicos: telefone, computador, fax, etc. serão acionados e comandados pela voz!

O único problema é ficarmos roucos ou afônicos, e nenhum deles reconhecer a nossa voz. Mas nada é perfeito, não é mesmo?

Meu mundo diminuiu consideravelmente.

1. Não vou mais ao supermercado, faço compras pelo computador.

2. Não preciso mais sair para comprar presente, compro pelo computador.

3. Não preciso mais ir à florista, faço o pedido, compro e peço para enviar pelo computador.

4. Não preciso mais viajar, vou a qualquer lugar do mundo pelo computador.

5. Não preciso mais ir aos museus ou galerias de arte, vejo tudo pelo computador.

6. Não preciso mais ir ao cinema, baixo qualquer filme pelo computador.

7. Não preciso mais comprar CDs, baixo a música que quiser pelo computador.

8. Enquanto a voz ainda não é usada como comando, também não preciso falar, nem fazer visitas para conversar e ver as pessoas. Falo pelo computador e vejo a pessoa com quem estou falando pelo computador!

Estranho... Não me lembro bem por que estou escrevendo tudo isto. Meus arquivos de memória estão falhando.

Estou ficando tonta. Não estou me sentindo bem.

Acho que a minha placa-mãe está pifando...

....

Amados,

Pifei, travei, dei pau!

Estava totalmente possuída

por Hal e fui salva pela Pit, que me encontrou em choque!

Estou me recuperando aos poucos, e meu psiquiatra me receitou um tratamento: a cada dia diminuo meu tempo com Hal até chegar ao tempo máximo de meia hora de uso! Diz ele que se parasse de uma hora pra outra poderia sofrer uma grave crise de abstinência!

Mas não se preocupem que não abandonarei vocês. Meus *chips* estão se recuperando lentamente...

Beijos, Belinha.

Quinta-feira
25 de agosto
2005

ADEUS, WILSON...

Fiéis leitores,

Estou de luto.

Imaginem que Wilson se foi antes que pudesse me levar para conhecer toda a fazenda... Ele mentiu pra mim. Disse que tinha 85 anos, mas na verdade tinha 98. Nem parecia, era muito bem conservado. Deveria ter ficado com raiva dele por ter mentido, mas eu entendo. Quis parecer mais novo para mim. Nem precisava. Eu iria gostar dele do mesmo jeito.

Trouxe Clotilde – a arara de estimação – de lembrança, mas antes tive o cuidado de colocar uma focinheira. Ela arrancou um pedaço do meu nariz!

A cerimônia fúnebre (enterro é uma palavra muito forte) foi muito bonita. Todas as sete ex-mulheres de Wilson estavam lá, fingindo que estavam sofrendo, pois estavam de olho nas fazendas e no castelo lá da França.

Os momentos que passamos juntos foram muito importantes para mim. Jamais esquecerei!

Foram três lindas horas juntos. Do momento em que entrei no carro dele até a hora em que ele me deu seu derradeiro adeus, logo depois da sopinha das 7.

Jamais esquecerei suas mãos trêmulas ao derramar o café quente no meu colo, nem as grossas lentes de seus óculos quando tentou ler um poema para mim, precisando grudar o nariz nas páginas encardidas de um velho e empoeirado livro de Castro Alves, para conseguir ler.

Depois desse momento mágico, Wilson me pediu em casamento.

Gente, foi lindo. Ele tentou se ajoelhar para fazer o pedido, mas o joelho já não dobrava mais. Então, pra que ele olhasse pra mim de baixo pra cima, subi num banquinho e esperei que fizesse o pedido.

Ele me disse que queria que eu tivesse o mais lindo vestido de noiva e que nossa lua-de-mel seria em seu castelo, quero dizer, nosso castelo, na França.

Imagina que, naquele momento, fomos brutalmente interrompidos por Germana, que entrou na saleta íntima em que estávamos, sem pedir licença, para dizer que estava na hora de Wilson dormir.

Germana era a governanta, estava com ele há cinqüenta anos, e é claro que era apaixonada por Wilson. Ela me odiou desde o primeiro momento que me viu, pois alimentava esperanças de casar com ele. Pode?

Imagina se uma mulher daquelas, baixa, atarracada, com bigodes e com aquela cara de cão de guarda poderia competir com uma mulher alta, magra, de cabelos sedosos e uma maravilhosa pele de pêssego como eu.

Mas Wilson cedeu às suas ordens e se recolheu para dormir. Foi andando com dificuldade e, quando já estava lá no final do corredor, virou-se e me mandou um beijo.

Esta será a última imagem que guardarei de meu querido ex-futuro marido, Wilson.

Bom, escrevi um pouco e fui dormir até ser acordada, pela manhã, com o grito de Germana ao entrar no quarto de Wilson.

É claro que fiquei chocadíssima! Logo agora que ia me casar, o destino me prega uma peça!

Fiquei furiosa com Germana. Quem disse que ela podia entrar assim no quarto de meu noivo?

Depois do enterro, ela me entregou minhas malas e disse que o motorista estava me esperando para me levar em casa. Para mostrar que quem iria mandar naquela casa era eu, fui até o poleiro de Clotilde e a carreguei comigo.

Arrasada, entrei no carro com Clotilde. O motorista – Bernardo é o nome dele – tentava me consolar. Aos poucos fui me acalmando e, de repente, olhei para os ombros de Bernardo e pensei:

"Nossa, que ombros largos..."

Num momento em que pude reparar em seu perfil, pensei:

"Nossa, que nariz bem desenhado... "

Quando chegamos em casa, ele me deu a mão para me ajudar a sair do carro, e pensei:

"Nossa, que mãos firmes..."

Eu e Bernardo estamos nos descobrindo, e Clotilde sempre nos acompanha. Quando o negócio começa a ficar quente demais, colocamos uma venda nos olhos dela.

Sempre conversamos sobre meu querido Wilson. Se não fosse Bernardo, não sei se agüentaria o desgosto de ter perdido um casamento daqueles, praticamente à beira do altar.

....

Ligaram pra mim da fazenda. Descobriram um filho bastardo do Wilson e querem Clotilde de volta, pois ela agora pertence a ele.

Eu e Bernardo vamos até lá levar Clotilde. Mas antes a gente tem que fazer com que ela pare de repetir tudo aquilo que a gente diz um pro outro nos momentos mais... digamos... mais apaixonados...

Beijinhos, Pit.

Sábado
27 de agosto
2005

TEJE PRESA!

Amados,

Estava andando pelas ruas, carregando várias sacolas de supermercado, quando senti que alguém encostou algo pontudo nas minhas costas.

Fiquei parada e sem me mexer, pensando: "Uma arma! É um assalto! Não vou me render assim tão fácil!".

Rapidamente me virei e joguei as sacolas em cima do meliante. Abri minha bolsa, peguei meu *spray* de pimenta e zapt em cima dele.

O homem não parava de gritar por conta da dor. Foi aquela confusão. Fiquei gritando: "Ladrão! Pega ladrão!".

Juntou um monte gente, a polícia chegou, algemou o bandido e fomos pra delegacia. Eu pra dar queixa e o ladrão pra ser preso.

Depois de um tempo na delegacia, o delegado me puxou num canto e me fez uma terrível revelação: "Aquele cara não é um ladrão. É um empresário muito conceituado que queria apenas perguntar se a senhora queria ajuda para carregar as sacolas".

Por alguns instantes fiquei meio consternada, para em seguida olhar bem nos olhos do delegado e perguntar:

"Mas que espécie de delegado é o senhor que não sabe diferenciar um bandido de uma pessoa de bem? Ora faça-me o favor!"

Ele respondeu sem pestanejar:

"Sabia que a senhora pode ser presa por desacato à autoridade?".

Respondi na hora, pois não sou mulher de deixar um desaforo sem resposta:

"Não estou desacatando nenhuma autoridade, até porque autoridade que é autoridade sabe identificar um meliante".

Pronto, foi o suficiente para o delegado me declarar presa!

Eu, Isabelle y Silva, presa numa delegacia!

Minha indignação não encontrava limites! Como assim? Eu era a vítima e eu é que iria presa?

Tive direito a uma ligação, mas não encontrei nem Pit, nem Franco, nem Moreno, nem Horácio.

Pedi pra passar um e-mail, mandar sinais de fumaça ou bater um tambor, mas não autorizaram.

Enquanto eu sofria a humilhação de ser recolhida numa cela, o assaltante a tudo assistia, quer dizer, mais ou menos, pois ele ainda não conseguia enxergar direito. Meu spray é o máximo!

As acomodações eram péssimas. Nem uma pinturinha na parede, nem uma poltrona confortável, nada, e olha que o delegado disse que era a melhor cela!

Tinha uma moça na cela ao lado chamada Belavista. Vamos combinar que a visão não era tão bela assim, mas era simpática. Ela me ofereceu um biscoito e contou que estava presa porque deu umas paneladas no marido, em legítima defesa. O marido só cumpria as obrigações de marido quando bem entendia, ou com outras que não ela. Daí, ela conheceu um senhor carinhoso, bem-apessoado, e os dois, digamos assim, se entenderam. O marido pegou os dois e a ameaçou. Belavista não teve outra saída a não ser lançar mão das panelas!

Dei todo o meu apoio a Belavista e, indignada, chamei o delegado. Disse que aquilo era uma atitude discriminatória. O marido merecia mais do que umas paneladas. Qual é?

É claro que o delegado não veio quando eu chamei. Depois

de algum tempo, ele apareceu acompanhado de um senhor. Trazia um buquê de flores. O delegado abriu minha cela e disse que aquele era o advogado do "assaltante". Eu estava livre. O advogado me entregou as flores com um cartão e disse que Maurício, o assaltante, tinha me enviado o mimo.

O cartão dizia que ele entendia que eu era uma moça de bem, porém assustada, e que o delegado, muito gentilmente, compreendeu a situação e ia me soltar.

Disse que não queria flores de mau elemento, e disse também que só sairia dali se libertassem Belavista. O delegado quase teve uma síncope.

Neste momento, Pit, Franco, Moreno e Horácio apareceram. Tinham recebido os recados que eu havia deixado. Pit estava entusiasmadíssima.

"Belinha, você tem que ver que gato está lá na sala de espera", disse ela.

Esclareceram que "o gato " era Maurício. Aconselhei Pit a não chegar perto dele. Era um ser perigoso.

Pit me olhou e disse:

"Quem? O Maurício? Perigoso? Ele é dono de uma das maiores redes de hotel do mundo!".

Disse a ela que devia ser engano. Existem muitos Maurícios no mundo.

Mas ela estava certa. Fiquei tão sem graça que já estava achando melhor ficar mais um tempinho naquela cela, conversando com Belavista, do que ter que enfrentar a vergonha de encontrar o Maurício...

Pit disse que isso não era problema. Ela mesma ia se encarregar de tirar Maurício dali. Pegou as flores das mãos do advogado e desapareceu.

O advogado conseguiu soltar Belavista. Depois que me certifiquei de que Pit tinha tirado Maurício de lá, fomos levar Belavista em casa, na Kombi do Horácio.

Durante o caminho, fui mostrando a ela que o melhor era

mandar aquele homem embora. Já falei que esse negócio de casamento não dá certo.

Belavista me disse que estava casada desde os 15 anos e que de vez em quando eles tinham uns arranca-rabos, mas que quando faziam as pazes era bom à beça.

Depois de deixarmos Belavista em casa fiquei pensando:

"Que loucura! Como é que pessoas que se gostam tanto podem querer machucar um ao outro?".

Ainda bem que estou cercada de gente que se ama. Imagina se algum dia vou querer machucar a Pit ou ela a mim!

A Pit sumiu com Maurício.

Beijos, Belinha.

Sábado
27 de agosto
2005

TROCADA POR UM RELÓGIO VELHO

Amigos,

Estou exausta! Não tenho conseguido dormir direito, pois tenho tido vários pesadelos!!!

Mas mesmo assim quero contar pra vocês sobre o Maurício.

Vocês sabem que sofri um luto há muito pouco tempo. Wilson se foi e Bernardo, o motorista, me consolou durante um tempo. Mas a malvada germana – a governanta – exigiu que ele e Clotilde retornassem à fazenda.

Mas a vida é boa pra mim e sempre me dá uma nova oportunidade.

Como Belinha já contou, fui tirá-la da cadeia (que vergonha!) e conheci Maurício!

Mas não fiquem animados. Maurício é casado há seis anos, e muito bem casado, com Bebeto. Paciência.

Mas ainda restou o delegado. Um tipo rústico, desses que têm uma pegada boa!

Com ele não tinha meias palavras. Olhou pra mim e me convidou pra comer um sanduíche na esquina.

Nossa! Comia todos os sanduíches da esquina com aquele delegado!

Enquanto estávamos comendo um sanduíche de salame em pé no balcão, um carro parou repentinamente. Um cara encapuzado saiu e disse ao delegado que não fizesse nada, pois seria melhor pra mim. Ele então me levou pra dentro do carro e saiu em disparada!

Pensei bastante e caiu a ficha: "Isso é um seqüestro!".

Tentei explicar que de nada adiantaria, pois não tinha um tostão, e que o bar era mais da Belinha do que meu. Eu só tinha um pedacinho do bar, mais exatamente, o depósito. E Belinha jamais iria negociar o bar por mim.

Na verdade, fiquei meio chocada com o que eu mesma disse. Será que a Belinha algum dia iria usar o fato de ser a sócia majoritária contra mim? Claro que não!

O encapuzado me disse que não queria esse tipo de resgate. Iria trocar algo importante para o delegado por algo importante pra eles.

Fiquei superlisonjeada. Eu, importante para o delegado? Gente, ele me amava!

Paramos num lugar onde tinha uma choupana no meio do mato. Pensei que seria lindo passar uns dias ali, só eu e o meu delegado!

Entramos e tinha um outro cara lá dentro. Vocês não imaginam a bagunça que era aquela casa!

Disse que não ficaria no meio daquela sujeira nem morta!

Peguei um esfregão, um resto de sabão que achei por ali e limpei toda aquela imundície. Pedi que colhessem algumas flores, coloquei num copo de requeijão que estava jogado num canto e, pronto! Ficou mais habitável!

O encapuzado fez uma ligação rápida, desligou, olhou pra mim e pro parceiro e disse que havia dado três horas para o delegado. Se não cumprisse a exigência, algo de terrível poderia acontecer comigo.

Fiquei tranqüila, porque sabia que o delegado faria qualquer coisa para me salvar. Afinal, ele me amava.

Dito e feito! Uma hora depois, bateram na porta. O encapuzado me trancou dentro do único quarto. Hum! Acho que só tacando fogo pra desinfetar aquele quarto...

Ouvi umas vozes. Era ele!

Mas sabe o que estava me incomodando um pouco? Não saber o nome dele...

Passou mais um tempinho e a porta do quarto se abriu. Era ele, o delegado!

Ele me deu a mão e perguntei o que ele havia dado em troca da minha liberdade.

O delegado relutou em me contar, mas eu insisti.

Bom, o final da história é triste. O encapuzado era amigo de infância do delegado. Desde pequenos, ele tentava recuperar um relógio que seu pai havia dado para ele e que perdera para o delegado num jogo de queimado.

Fiquei desencantada. Que maldade! Que amigo!

É claro que fiquei furiosa! Quer dizer que o valor do meu resgate era um relógio velho? Francamente!

Indignada e ofendida, não aceitei a carona do delegado. Fui andando por aquele matagal sem saber por onde ia, até que me perdi.

Amigos, tenho que dizer que ficar perdida no mato no meio da escuridão não é dos momentos mais agradáveis, mas, como já disse acima, a vida é boa pra mim.

De repente, ouvi passos e pensei:

"Chegou a minha hora!".

Tentei dar um jeito no cabelo, limpei um pouco a minha roupa. Não queria chegar esfarrapada no céu. Sempre sonhei em chegar linda, toda de branco, com um escovão caprichado nos cabelos e uma sombra cintilante nos olhos. Acho que combina: cintilante, céu...

Os passos chegavam mais perto, vi um vulto, fechei os olhos e...

Não é que o vulto me pegou nos braços e saiu correndo dali?

Era o encapuzado. O primo do delegado.

Ele tirou o capuz e... Foi mágico!!!

Bom, ele sumiu. Mas fiquei uma pessoa mais experiente, com mais uma história pra contar pros meus filhos...

Agora só me restam os pesadelos... O medo de dormir e sonhar que estou eliminando a Belinha...

Beijinhos, Pit.

Quarta-feira
31 de agosto
2005

ACALMANDO TIA EULÁLIA

Amados,

Tive uma noite terrível! Não preguei o olho a noite inteira!

Nem contei pra vocês, mas minha tia Eulália morreu na semana passada.

Não quis falar nada porque vocês sabem como é, o noivo da Pit já tinha batido as botas, e eu não queria que vocês ficassem massacrados com esses assuntos, mas depois da noite que passei...

Preciso dividir com alguém, vocês entendem? A Pit diz que eu sou muito sugestionável, mas vou contar a história pra vocês.

Minha tia Eulália era uma tia muito rabugenta que vivia me cobrando o fato de eu nunca ir visitá-la. Tia Eulália mora no interior do Mato Grosso. Pra chegar na casa dela é preciso pegar um avião, um ônibus, outro ônibus, mais duas carroças e subir uma ribanceira a pé, pois até os burros que puxam as carroças se recusam a subir até lá...

Vamos combinar que não dá!

Tia Eulália, muito rancorosa, disse que, do jeito que eu era, só ia conseguir me ver depois de morta, pois assim viria me visitar.

É claro que depois de receber a notícia do seu passamento, fiquei em pânico e passei a dormir com a luz acesa e com a vassoura debaixo do lençol. Achei que, dando umas vassouradas, poderia espantar a tia.

O tempo foi passando e, quando percebi que ela não tinha vindo, pensei:

"Belinha, deixa de ser louca! Imagina se alguém que já está pra lá do outro lado vai voltar pra te visitar! Não pira!".

Guardei a vassoura e voltei a dormir de luz apagada, até essa noite em que acordei com a tia Eulália me chamando. Eu dou minha palavra de que era ela que dizia assim:

"Belinha, sobrinha ingrata. Vim cumprir minha palavra".

Gente, meu coração quase saiu pela boca. Tive que engolir pra ele voltar pro lugar!

Acendi a luz correndo e não vi nada. Falei pra mim mesma:

"Belinha, foi apenas um pesadelo. Você não ouviu nada..."

Achei melhor deixar a luz acesa e virei para o lado.

Quando estava quase dormindo, ouvi umas batidas na

porta. Dei um pulo da cama e perguntei quem era. Ninguém respondeu. Acendi todas as luzes e fui ao quarto de Pit. Quando cheguei lá ela dormia como um anjo. Empurrei-a pro lado e deitei junto com ela, pois não era louca de voltar pro meu quarto.

Na dúvida, fiquei com os olhos bem abertos.

De repente, comecei a ouvir uns lamentos, um choro fininho.

Meu coração partiu. Pensei:

"É a pobre da tia Eulália que está chorando, magoada por ter uma sobrinha ingrata como eu".

Arrasada, saí da cama e comecei a conversar com tia Eulália.

"Tia Eulália, não fica assim. Eu sei que fui uma sobrinha ingrata, que não custava nada eu ter gasto uns três dias pra chegar na sua casa e mais três pra voltar, só pra tomar um cafezinho e comer um bolo com a senhora. Mas a senhora tem que tentar entender, a vida moderna é muito atarefada! A gente tem coisas pra fazer todos os dias! Supermercado, feira, peixaria, pagar contas, ir ao cabeleireiro, manicure, pintar o cabelo, supermercado, feira, olhar o bar, dar conta do Moreno, Franco e Horácio, médico, pagar contas, drenagem linfática, massagem, *shiatsu*, supermercado, pagar contas... Ufa! São tantas tarefas! Não fica tristinha, não. Olha, se a senhora quiser, a gente pode conversar todas as noites. A senhora vem, a gente conversa um pouquinho. Não pode demorar muito porque preciso dormir, senão fico com olheiras horríveis e minha pele fica áspera..."

Amanheceu e eu continuava consolando tia Eulália, quando Franco entrou com umas olheiras nos pés, pedindo dinheiro para comprar leite.

Disse pro Franco que não podia falar naquele momento porque estava conversando com tia Eulália. Franco olhou para mim, olhou para todos os lugares da casa, olhou pra mim de novo e disse:

"Não estou vendo ninguém, mas não se preocupe, Belinha, porque passei a noite acordado com esse maldito gato gemendo no telhado e estou prejudicado. Nada que uma boa noite de sono não resolva".

Gato gemendo no telhado? Franco estava chamando minha tia Eulália de gato maldito? Como assim?

Tive que expulsar Franco de casa pra tia Eulália ver que eu estava do lado dela. Acho que ela ficou feliz, pois parou de gemer.

Pit levantou logo depois, dizendo que teve uma ótima noite de sono desde que colocou tampões nos ouvidos. Não agüentava mais ouvir aquelas marteladas no vizinho, que mais pareciam batidas intermináveis na porta, e o gato que não parava de gemer.

Mandei a Pit falar baixo, mas, quanto mais eu pedia silêncio, mais ela falava no gato que gemia.

Pulei em cima dela e fechei sua boca com as mãos. Já pensou se tia Eulália se enfurecesse com aqueles comentários e viesse me assombrar?

Pit marcou consultas pra mim no psiquiatra, no pai-de-santo do Moreno e na cartomante da tia dela. Aproveitou e ainda marcou com o nosso contador, pois parece que estamos com problemas na contabilidade.

E agora? Não sei qual o primeiro horário, se é o do psiquiatra ou do contador.

Cadê a Pit?

Pit!!! Ô, Pit! Pra onde tenho que ir agora?

Beijos, Belinha.

PS: Será que tia Eulália está bem?

Quarta-feira
31 de agosto
2005

UM DIA NA PRAIA

Amigos e amigas,

Coloquei uma máscara nos olhos, uns tampões de ouvido e dormi como uma pedra!

Acordei tão disposta e o dia estava tão lindo que resolvi ir à praia.

Coloquei um biquíni lindérrimo, um chapéu maravilhoso, meus melhores óculos escuros – importados –, me besuntei inteira de protetor solar, peguei meu fusca e escolhi uma praia que tivesse muitos surfistas dourados e sarados.

Arrumei minha canga, fiz a minha melhor pose, tipo "não-estou-nem-aí-pra-vocês", e deitei estrategicamente, de modo a conseguir olhar para eles sem que eles me vissem.

De repente, ouvi um burburinho. Ouvi pessoas falando alto, rindo e ainda levei um banho de areia que um vira-lata desembestado jogou em mim.

Levantei, furiosa, e me vi cercada de muitas, mas muitas pessoas alegres, falantes e coloridas, com farnéis, isopores, barracas. Caraca! Uma loucura!

Não acreditei quando olhei pra calçada e vi três ônibus de turismo estacionados. Pensei: "Eu mereço!".

Tentei abstrair e resolvi continuar a olhar os gatos surfistas, mas... impossível. Um paredão de pessoas, pulando e gritando na beira d'água, me impedia de ver qualquer coisa, a não ser a ponta das ilhas lá no horizonte.

Pensei que isso era um desaforo e resolvi me levantar para romper aquele bloqueio.

Levantei com meu maravilhoso biquíni e caminhei resoluta até o paredão, que não se moveu nem se abriu para mim.

Pensei: "Cadê meu charme? Será que esqueci no porta-luvas do carro? Não, meu charme não tem fim!".

Resolvi que ia romper aquele obstáculo de qualquer maneira, quando vi Haroldo.

Haroldo era o cara que trazia o isopor das bebidas. Um homem forte, vistoso, que até destoava um pouco do grupo.

Com a maior gentileza, abriu passagem para que eu mergulhasse meu corpo e meu biquíni naquele mar repleto de belos rapazes.

Percebi que o olhar de Haroldo estava fixo em mim. Eu até entendo. Ficava difícil não olhar pra mim naquele momento. Meu corpo molhado, brilhando ao sol, meus cabelos pingando, aquele biquíni de corte perfeito valorizando tudo o que tinha de bom, meus óculos escuros impor... Meus óculos escuros? Mergulhei com meus maravilhosos óculos escuros caríssimos?

Desesperada, perdi a pose. Onde estava? Como é que fui mergulhar de óculos? Fiquei tão preocupada em fazer pose e bocas e bicos que nem percebi que os havia perdido. Mergulhei repetidas vezes procurando por eles. As ondas vinham, as ondas iam, e eu lá, procurando, procurando, sem perder as esperanças.

De repente, vislumbrei meus óculos através da água do mar, meio que enterrados na areia. Quando ia mergulhar para pegá-los, alguém veio por trás e me pegou no colo. Gritei:

"Não! Me leva de volta. Quero meus óculos!".

Uma voz fanha, saindo da boca do fortão, dizia:

"Calma, é só uma alucinação! Você não estava com óculos de mergulho!".

E eu respondi:

"Não eram óculos de mergulho! Eram óculos maravilhosos, caríssimos!".

Consegui me desvencilhar do fortão, que, cismado de que eu estava com água salgada no cérebro que me fazia delirar, foi atrás de mim.

Tivemos praticamente uma luta corporal. Ele me pegava, eu

me livrava dele. Ele me pegava novamente, eu dava soquinhos em seus braços. Ele me pegou mais uma vez e dei um longo beijo nele.

Achei que valia a pena perder os óculos por aquele homem que lutava tanto por mim. Fiquei envaidecida.

Bom, aquela gente toda era da família dele. Eram do interior e nunca tinham visto o mar. Ele já conhecia. Tinha vindo ao Rio com dois anos de idade.

Comemos frango, farofa de ovo e ainda dançamos um forró na praia, ao pôr-do-sol.

Aplaudimos o fim do dia, ele pegou o ônibus para voltar pra casa com a família e eu peguei meu fusca rosa.

Durante um pedaço do caminho fomos lado a lado. Ele me mandava beijos pela janela e fez um gesto de quem me mandava seu coração.

Num cruzamento, o ônibus virou à esquerda e eu à direita.

Hummm... Mais uma possibilidade que se vai...

Beijinhos, Pit.

Sexta-feira
02 de setembro
2005

SAUDADES DA ÓPERA

Amados e amadas,

Estou num momento totalmente saudosista e resolvi ouvir algumas óperas de que gosto mais.

Nos meus tempos antigos costumava freqüentar os salões e assistir a óperas, espetáculos grandiosos, maravilhosos.

Confesso que no início ficava meio assustada. Cada vez que um daqueles cantores abria a boca, entrava em pânico!

Que gente estressada! Pensava: "Será que não tem ninguém

pra avisar que a gente está ouvindo, que eles não precisam berrar dessa maneira?".

A primeira vez que vi uma ópera, foi *La Traviata*. Quando a pobre da cantora emitiu uma nota comprida daquelas, pensei:

"Gente! Ela engasgou!".

Fui ficando aflita, pois a moça entalou na nota e nada de parar. Fiquei tão desesperada, achando que a pobre ia morrer sufocada, que levantei e gritei:

"Alguém ajude! Ela está sem ar!" .

Bom, ela parou imediatamente e o teatro inteiro olhou pra mim. Lembro que na época fiquei superorgulhosa. Afinal, havia salvado a cantora de morrer sufocada e todos olhavam pra mim, provavelmente pra ver quem era a heroína que havia salvado a moça.

A alegria durou pouco. Carlos, meu ex-marido, me falou, muito irritado, ao pé do ouvido, que eu tinha dado o maior vexame. Que ela estava mostrando a extensão de sua voz e eu tinha estragado tudo.

Como é que eu ia saber? Pior, como é que eu podia imaginar que Carlos gostava de pagar para ouvir um monte de gente gritar? Toda a vez que eu gritava, ele ficava furioso!

Emburrei total. Qual é? Por que o meu grito era pior do que aqueles? Se fosse o caso, eu podia gritar em mi bemol!

O tempo foi passando e fui assistindo a outras óperas. Finalmente, aprendi a gostar e a entender que aquela berraria não era uma berraria!

Digamos, assim, que fui praticamente adestrada...

Mas tenho algumas restrições quanto às histórias.

Na época em que as óperas foram criadas, uma mulher se apaixonar era praticamente uma condenação. Morte certa!

Prestem atenção:

La Traviata (Verdi): Violeta e Alfredo se apaixonam, mas o pai dele não aprova o amor dos dois (pai metido pra caramba!). Só que os dois não dão a menor bola e vão viver juntos numa casa de campo nos arredores de Paris (ópera é um luxo). O metido do pai dele vai até lá (algum inimigo deu o endereço, é claro) e suplica para que Violeta se afaste de seu filho. Ela atende ao pedido (vamos combinar que ela não devia ser tão apaixonada assim). Boba como ela só, Violeta está numa festa em que Alfredo também vai e ainda tenta fazer ciúmes. Não podia dar certo! Alfredo ofende a amada. Tempos depois, o pai se arrepende de ter pedido a Violeta que abandonasse o filho (pelo menos, viu a bobagem que fez: deixou o filho com a maior dor-de-cotovelo) e o leva para visitar a amada, que, com tuberculose... morre logo depois.

Tristão e Isolda (Wagner): Esta ópera é baseada em uma lenda medieval (pra vocês verem que as mulheres sofrem por conta do amor desde os primórdios dos tempos). Num reino irlandês, um dragão muito feroz aterrorizava as redondezas (adoro histórias com dragões), e o rei disse que quem matasse o monstro receberia a mão de sua filha em casamento. (Esses reis tinham essa mania de ficar dando as filhas pra quem matasse dragão. É muita cara-de-pau! Essas princesas deveriam ter feito greve!) Tristão, que estava indo pedir a mão da princesa em nome do rei Marcos, seu tio, aproveitou que estava passando por ali e matou o dragão. Isolda ficou meio mal, pois ela ficou a fim era do Tristão e não queria nada com o rei Marcos, mas teve que obedecer ao pai (lá vem o pai novamente), e foi embora com Tristão e sua comitiva, ao encontro de seu noivo. A mãe de Isolda, que não era boba nem nada, percebeu que a filha estava a fim do sobrinho do noivo e deu uma poção para a criada que iria acompanhar a filha, dizendo que a desse aos noivos na noite de núpcias. Era uma poção do amor, e os dois ficariam loucamente apaixonados. Mas a criada errou total e deu a poção para Tristão e Isolda, bem no meio da viagem. (Sem noção essa moça: ela devia estar pensando na morte da bezerra quando recebeu as instruções.) Os dois se apaixonaram loucamente.

Isolda teve que casar com o rei, mas continuou se encontrando com Tristão. (Aí é que mora o perigo!) Claro que o rei descobriu e os dois trataram de fugir. Óbvio que o rei achou o esconderijo dos dois e carregou Isolda. (Que mania que as pessoas têm de achar que vão conseguir se esconder de um rei! Presta atenção!) Tristão, arrasado e sem imaginação, conseguiu casar com outra Isolda. Um dia, ele se feriu gravemente e pediu pra buscarem a outra Isolda. (Gente, não satisfeito com uma Isolda, ele ainda queria duas!) A Isolda esposa (que confusão...), enciumada (só Tristão acreditou que ela fosse achar tudo isso superbacana!), disse pro marido que a outra não viria coisa nenhuma. Tristão, que já estava muito fraco e doente, morre, e quando a primeira Isolda chega (a do início da história, não a esposa ciumenta) e vê seu amado morto, morre também (em ópera, as pessoas morrem com a maior facilidade!).

Pra não ficar cansando vocês, vou só listar outras mocinhas que morrem por amor ou de amor:

Aída (Verdi): Aída morre.

Rigolleto (Verdi): Gilda morre.

La Bohème (Puccini): Mimi morre.

Carmem (Bizet): Carmem morre...

E por aí vai.

Estou preocupadíssima comigo.

Saí ontem à tarde pra comprar o presente da Pit, que faz aniversário daqui a alguns dias, e entrei numa lanchonete pra tomar um suco. Tropecei numa mala de executivo que estava atravessada no meio do caminho, caí por cima de uma mesa e derrubei o copo de suco que estava em cima dela no colo de um... gato!

Sou capaz de fazer qualquer coisa pra esse homem me ligar, até entalar na nota...

Pânico! Nunca senti nada parecido...

Alguém me ajuda?

Beijos, Belinha.

Terça-feira
06 de setembro
2005

BELINHA VAI ÀS COMPRAS

Amados,

Estou na TPM e, quando isso acontece, fico tão ansiosa que preciso fazer compras.

Entrei na primeira loja que encontrei e separei tantas coisas que só dava pra pagar fazendo um crediário. Odeio isso, mas não tinha jeito. O valor total estourava, e muito, o limite do meu pobre cartão de crédito.

Entreguei meus documentos para que elas pudessem fazer as consultas no SPC, no Serasa, no XYZ e naqueles lugares todos que costumam consultar.

De repente, a gerente veio lá de dentro e me disse que não seria possível fazer o crediário.

Indignada, perguntei por quê. Tinha certeza de que meu nome estava mais limpo do que qualquer outro nome por aí.

Daí a gerente me perguntou a qual dos meus nomes eu estava me referindo, e eu, mais indignada ainda, disse:

"Como qual nome? O meu nome: Isabelle y Silva!".

A gerente respondeu que não havia nenhum documento de Isabelle y Silva. Tinha Isabelle Pereira, Isabelle Silveira, Isabelle Lorenzo e Isabelle Figueira.

Eu disse:

"Sou cada uma dessas!".

A petulante da gerente disse que, nesse caso, ou eu era um caso gravíssimo de esquizofrenia ou então deveria ser alguma terrorista com múltiplas identidades, e que chamaria a polícia.

Perguntei se ela era louca, e ela me respondeu que não era ela que saía por aí com vários nomes diferentes. Eu disse que o nome era o mesmo, só os sobrenomes que eram dos meus ex-maridos.

Ela disse que, além de tudo, eu era inconstante. Onde já se viu ter tantos maridos?

Eu disse que minha vida sentimental não era da conta dela e que a obrigação dela era abrir meu crediário.

Ela disse que de jeito nenhum abriria um crediário para uma mulher que mudava de marido como quem troca de roupa, como eu.

O sangue começou a subir na minha cabeça. Contei até 1.025, respirei fundo e perguntei por quê.

Ela disse que uma mulher como eu poderia mudar de idéia e no meio do crediário resolver que não queria mais este crediário e sim aquele.

Confesso que os hormônios causadores da minha TPM começaram a fervilhar, e tive ímpetos de pular no pescoço dela.

Foi o que fiz. Pulei em cima dela.

....

Amados,

Eu e a gerente estamos superamigas.

Ela abriu meu crediário e eu estou dando uns conselhos pra ela.

Ela é noiva há doze anos, e o noivo não se resolve nunca. Pode?

Estou quase conseguindo convencê-la de que o noivo não quer nada com ela.

Acreditam que ela ainda tem dúvidas?

Beijos, Belinha.

Terça-feira
06 de setembro
2005

O PESO DA IDADE

Acordei com um peso enorme nos ombros. A idade.

Estou desconfiada de que meus pais devem ter cometido um erro quando me registraram. Beberam na véspera, ficaram sem dormir a semana anterior, porque minha idade não combina comigo.

Fala pra mim, dá pra perceber que já passei dos 30?

Alguém com esse corpão pode ter mais de 30?

Esses cabelos maravilhosos e bem tratados podem resistir a trinta anos de xampus, poeira, sol, água salgada, cloro, etc.?

E a leveza e o bom humor com que levo a vida, podem ser de alguém com mais de 30?

Gente, eu NÃO POSSO TER MAIS DE 30!!!

Ainda não casei, não tive filhos e ainda não formei família.

As crianças que conheço me chamam de tia, nenhuma me chama de mãe!

Sou convidada pra ser madrinha de casamento, madrinha de crisma, madrinha de batizado, mas ainda não consegui chamar ninguém pra ser madrinha de coisa nenhuma... Mentira! Chamei a Belinha pra ser madrinha do meu *hamster* de estimação, algum tempo atrás...

Meus aniversários são sempre de mudança de idade, nunca de namoro, de noivado, de casamento!

Sabe quando o casal tem sua música preferida, seu restaurante preferido, seu local preferido de ver a lua? Os únicos lugares preferidos que eu tenho são o lugar preferido do supermercado e a oficina preferida do meu fusca.

Já escolhi tudo: a música, o restaurante e o local, só falta o noivo!

Tenho pensado muito no porquê de tudo isso. Até fazer uma avaliação cuidadosa da minha pessoa pra ver onde está o problema já fiz.

É claro que não achei nada de errado em mim mesma: o erro está nos homens que conheço!

Agora me digam: onde está o homem com quem vou passar o resto dos meus dias?

Se alguém souber, me avisa?

....

Gente, acabei de descobrir que o homem da minha vida estava no supermercado bem aqui na esquina.

Belíssimo! Com mais ou menos 1,85m, cabelos castanhos, olhos castanhos, uns 75 quilos...

Eu estava na prateleira dos enlatados e ele estava logo atrás de mim, na prateleira de produtos de higiene. Além de tudo, era limpinho.

Rolou o maior climão entre um extrato de tomate e umas pastas de dentes.

Só que cheguei atrasada. Uma lourona já havia chegado antes de mim. Sentiu o climão lá das prateleiras dos congelados, chegou correndo e arrastou o que era dela... Quero dizer, o que era meu e ela pegou primeiro!

Estou muito deprimida, não posso escrever mais nada....

Beijinhos, Pit.

Sexta-feira
09 de setembro
2005

BELINHA É DAMA DE HONRA

Amados,

Minha amiga *socialite* Adelaide Maria Conceição Silveira da

Silva Figueira de Holanda (não, não é parente do Chico Buarque dos maravilhosos olhos azuis) se casou pela terceira vez.

Ela também é uma espécie de curiosa. Casa pra ver se dá certo, e dessa vez ela jurava que ia ser pra sempre.

Estava tão confiante na durabilidade do casamento que resolveu casar de véu e grinalda e tudo a que tinha direito, aos 36 anos.

O noivo, Gui de Sá (para contrabalançar o nome de Adelaide Maria), tem três filhos e nove netos, e Adelaide nenhum neto, nenhum filho, nem tampouco um bicho de estimação.

Sempre achei engraçado um homem de nome tão curto ter uma família tão grande. Sei que uma coisa não tem nada a ver com a outra, mas o nome dele é quase um suspiro. Quando você pensa em começar a pronunciar o nome dele, puf! Já acabou!

Adelaide resolveu então que os filhos de Gui iam ser os padrinhos, os nove netos levariam as alianças (tentei alertar minha amiga que era muito neto para pouca aliança), e ela ainda convidou as amigas para serem damas de honra.

Vocês podem me imaginar de dama de honra? Ser dama de honra do casamento de Adelaide Maria não era o problema, pois o pior ainda estava por vir.

Um dia, ela reuniu as damas para apresentar o modelo do vestido que as "daminhas" deveriam usar. Inacreditável, mas era a mais pura verdade.

O vestido era cor-de-rosa, para combinar com o vestido da noiva, que àquelas alturas não poderia jamais casar de branco! A saia do vestido era *ballonée*. Ficaríamos todas com cara de cúpula de abajur. O sapato era forrado com o tecido do vestido.

Para arrematar a figura graciosa da "daminha", os cabelos deveriam estar arrumados num coque alto, rodeado por guirlandas com as mesmas flores do buquê.

Pensei em simular um ataque, mas fiquei sem jeito. Daí, pensei em dizer que tinha acabado de descobrir que tinha uma doença terminal, mas achei de péssimo gosto. Pensei também em dizer que tinha uma viagem marcada para meditar em Katmandu, mas todas ali me conheciam muito bem pra saber que jamais em tempo algum eu iria pro Nepal. Meditar me dá sono, e prefiro dormir no meu quarto com ar condicionado. Na falta de uma desculpa sensacional, só me restou mandar fazer o vestido.

No dia do casamento, fui ao Charles para ele me fazer um coque. Charles é meu cabeleireiro há anos. Hoje em dia fazemos uma permuta. Ele cuida do meu cabelo e eu o deixo levar uns amigos pra beber e comer lá no bar. Ele finge que é francês. Diz que as mulheres adoram dizer que o cabeleireiro delas é francês.

Quando pedi o coque, ele olhou pra mim e deu uma gargalhada. Até a gargalhada de Charles tem sotaque francês.

Ele disse: "Querrrida, com esse cabelo que você tem non dá prrrrra fazerrrr nem um chuquinha"...

Me senti um tantinho humilhada e disse pra ele se virar, pois queria que o meu fosse o maior coque de todas as damas!

Charles não se fez de rogado e me arrumou um coque que mais parecia o Pão de Açúcar, e colocou a guirlanda em perigosa escalada ao redor do coque.

"Prrrromto!!! Uma obrrrrra de arrrte! Caraca, sou bom pra caramba!"

Levantei da cadeira e quase caí. Tinha que me acostumar com o peso da protuberância plantada na minha cabeça. Consegui me equilibrar e, quando fui passar pela porta, eu fui e o coque ficou! Estava muito mais alta do que a porta.

A essa altura já estava muito atrasada, e saí correndo pelo meio da rua assim mesmo, com o coque meio desabado, e Charles correndo atrás de mim e tentando colocar o dito cujo no lugar.

Cheguei em casa e, enquanto me vestia rapidamente, Pit ia colocando uns grampos para reforçar o coque.

Quando finalmente fiquei pronta, me olhei no espelho. Deprimi. Pit, ao ver meu desespero, resolveu me acompanhar.

Entrar no fusca foi uma tarefa difícil. Claro que entrei e, novamente, o coque ficou! A saia do vestido era tão grande e tão rodada que nem a porta fechava e nem Pit podia sentar.

Depois de apertar ali e amassar aqui, conseguimos fechar a porta, e Pit sentou em cima do vestido mesmo. Tive que sentar meio abaixada, pois o coque era muito alto praquele fusca, e, como estava segurando aquele tufo de vestido, não enxergava nada na minha frente.

De repente, Pit deu uma freada brusca. Escorreguei e fui parar no chão. Comecei a sufocar mergulhada naquela saia. Pit tentava me puxar, mas não conseguia me achar no meio das anáguas. Resolveu me puxar de qualquer maneira e conseguiu rasgar um pedaço da barra do vestido. E, quando sentei, bati com o coque no teto.

O coque estava todo inclinado para a esquerda, e a guirlanda de flores já estava despencando quando chegamos na frente da Igreja. Pit saiu primeiro e veio me ajudar a sair do carro.

Vocês podem imaginar que não foi muito fácil, mas consegui desentalar. Claro que alguma coisa a mais tinha que acontecer, e minha meia rasgou de cima a baixo. Arranquei a meia ali na rua mesmo e, quando consegui me desvencilhar dela, o carro de Adelaide Maria parou atrás do fusca.

Chegamos na porta da Igreja na hora H, e daí Pit resolveu dar um jeito no meu coque. O anel de Pit enganchou na guirlanda de flores e não desenganchava de jeito nenhum. Eu disse pra Pit tirar o anel. Misturado com a guirlanda, o anel ia passar despercebido.

Pit me disse que o anel não saía do dedo de jeito nenhum, e a chefe do cerimonial já estava mandando entrar. Todos os netos já tinham entrado, e era hora das damas.

Ainda tentamos desengatar uma da outra, mas provocamos um engarrafamento entre damas, padrinhos, noiva e etc.

Não teve jeito. Pit teve que entrar junto comigo e passou a festa inteira segurando o meu coque, que estava enganchado no anel e que despencou no meio da cerimônia.

....

O casamento de Adelaide Maria durou três meses.

Não agüentou aquela família imensa cheia de crianças. Num domingo de sol, entre crianças gritando, uma filha aos berros com o marido, outro filho pedindo dinheiro ao pai para abrir o quarto negócio e a outra filha chorando em depressão pós-parto, Adelaide saiu com suas malas pelo portão da frente e o marido só notou no dia seguinte.

Sexta-feira
09 de setembro
2005

UM PASSEIO DE BARCO COM ADÃO

Vocês lembram de Ernesto Estrela, o Big Star que tinha um brilhante no canino esquerdo?

Pois é. Ficou atrás de mim um tempão querendo o brilhante de volta. Eu disse que o destino quis que o brilhante fosse meu.

A vida é assim, tem que haver uma reciclagem. Um dia o brilhante é dele, outro dia é meu e... no outro também, e assim por diante.

Ele ficou mal, pois não queria voltar pra casa sem o brilhante de família que a mãe havia dado. Só que não agüentou de saudades da mãe. Comprou um falso brilhante e voltou para os braços da mãe, que não reparou que era falso, pois era meio cega.

Fiquei arrasada. Ele me trocou por um falso brilhante! Tudo bem, o brilhante irá seguir o seu caminho.

Mas a vida é boa pra mim, e Adão, um ex-namorado de adolescência, achou meu telefone e me ligou. Tinha acabado de se separar e pensou em mim. Me convidou para passear no seu barco novo.

Pensei: "Hum, Adão até que era bonitinho, apesar do aparelho fixo nos dentes e dos óculos fundo de garrafa, mas isso tem muito tempo...".

Topei. Vesti meu modelo marinheira, abusei do branco e azul e parti para o Iate Clube.

Quando cheguei, um marinheiro enorme estava me esperando no portão e me acompanhou até o barco de Adão.

Pensei: "Uau! Adão está arrasando!".

Gente, o que é o barco de Adão!

O barco de Adão é, na verdade, o iate de Adão!

Gente, o que é Adão!

Adão é um homem charmoso, sofisticado, que me esperava de pé, com um cachimbo na mão. Não usava mais óculos, usava lentes, e o aparelho não era mais fixo, era móvel, e ele não estava usando naquele momento.

Pensei: "Sou Eva a caminho do Paraíso!".

Adão me deu a mão e me ajudou a subir. Me olhou de cima a baixo, pediu que desse uma rodadinha e disse que eu estava linda!

Em seguida me levou pra conhecer seu iate.

Gente, o que é o iate de Adão!

Sala, suíte, um banheiro com hidromassagem, sauna.

Estava maravilhada, principalmente porque eu estava totalmente *composée* com a decoração, toda em branco e azul.

Adão deu ordem para que o marinheiro desse partida, e imediatamente um garçom veio nos servir uma bebida.

Comecei a me beliscar pra ver se era verdade.

Doeu. Era tudo verdade.

Durante umas duas horas, conversamos, rimos, nos divertimos, sentimos o vento no rosto, mergulhei e... nada de Adão mergulhar. Propus um beijo submarino, mas ele não deu o braço a torcer e de vez em quando tomava uma chuveirada.

Quando estávamos nos preparando para o almoço, o tempo começou a mudar. Nuvens carregadas cobriam o céu, e o mar começou a ficar nervoso. O iate começou a balançar nas ondas.

Percebi que Adão foi ficando apreensivo. Seu rosto ficou branco, para em seguida ficar verde. Adão olhou pra mim com os olhos arregalados e saiu correndo.

O tempo foi passando e nada de Adão voltar. Lá pelas tantas fui perguntar para o marinheiro se tinha visto Adão.

Ele me explicou que Adão ficava enjoado quando o mar estava muito revolto. Estranhei um pouco.

Um homem que tem um barco enjoando no mar? Estava explicada a coloração esverdeada de Adão.

Entrei e encontrei Adão meio desfeito, sentado no sofá da sala.

Perguntei se ele estava melhor e se precisava de alguma coisa.

Nesse exato momento ouvimos um estrondo e o barco parou bruscamente. O marinheiro entrou apavorado e disse que a embarcação havia batido numa pedra e furado o casco, e que provavelmente o iate ia afundar.

Adão ficou em pânico. Olhou pra mim, disse que não sabia nadar, deitou a cabeça no meu ombro e, chorando, me pediu que o protegesse.

Chorou tanto que perdeu as lentes de contato. Me deu a mão e pediu que não a largasse, pois não estava enxergando nada.

Pensei: "Que roubada!".

Vestimos o colete salva-vidas e nos preparamos para entrar no bote salva-vidas.

Pensei mais uma vez: "Vi tantas vezes o *Titanic*, sonhando com um amor igual àquele, que meu sonho se realizou. Consegui um naufrágio, só que com um banana míope".

Depois de muito esforço, eu, o marinheiro e o garçom conseguimos levar Adão para o bote salva-vidas, que... estava furado.

Ficamos boiando de mãos dadas com Adão, eu de um lado e o marinheiro do outro, esperando o socorro que já havia sido pedido.

Enquanto estávamos ali, boiando, eu e o marinheiro sacamos que rolava a maior afinidade entre nós. Foi superbonito.

Resolvemos trocar de lugar com Adão e fiquei entre ele e o marinheiro.

Começou a chover e Adão começou a chorar.

Pensei: "Me poupa!".

Vimos o barco salva-vidas chegando. Nesse momento, o marinheiro me abraçou e me beijou, e foi nadando até o barco.

Gente! Esquecemos de Adão!

Quando nos demos conta, vimos um pontinho amarelo lá longe. Era Adão, desesperado, boiando com seu colete salva-vidas amarelo e balançando os braços desesperadamente.

Mas deu tudo certo. Conseguimos resgatar Adão, que teve

uma crise de nervos e está internado numa clínica de repouso, tendo pesadelos recorrentes com tubarões e naufrágios. Até com piratas ele tem sonhado.

....

Minha locadora está com uma promoção chamada "Surpresinha". Você pede um vídeo e eles enviam um título surpresa.

Sabe qual eles me mandaram?

Mar aberto, aquele do casal que é devorado pelos tubarões.

Pode?

**Quinta-feira
15 de setembro
2005**

DÚVIDA CRUEL

Amados,

Vocês podem acreditar que me convidaram para posar para uma revista masculina?

Alguém da revista me viu no *spa* e gostou do que viu.

Tenho que reconhecer que até que estou bem gostosona, apesar da minha pouca idade.

Bom, é claro que a princípio neguei. Não preciso usar meu corpo para ganhar a vida!

Considero meu corpo algo muito particular, que só mostro para aqueles escolhidos a dedo.

Pensei, pensei e conclui que os negócios estavam indo bem, mas não o suficiente para aumentar o limite do meu cartão de crédito.

Pensei, pensei e pensei mais um pouco, e cheguei à conclusão de que os leitores dessa revista poderiam ser alguns dos que escolho a dedo.

Além do mais, eles teriam a oportunidade de ver Belinha na intimidade.

Resolvi ligar, escondida da Pit, é claro, pra conversar. Marcaram uma reunião e, no dia, saí sem que Pit percebesse.

Depois de muito tempo negociando o cachê, passamos a negociar o tema.

Primeiro, pensei em ambientar o ensaio num cenário árabe, e eu seria uma odalisca. Sempre sonhei em me vestir de odalisca, mas eles não gostaram.

Sugeri então um tema bem brasileiro e propus me vestir de Carmem Miranda. Não toparam.

Por fim tive a idéia sensacional de ambientar as fotos num avião. Não paro de ter essa fantasia de ser uma comissária de bordo!

Mais uma vez minha idéia não foi aceita, e bateram o martelo de que o ensaio seria dentro de um bar.

Achei a idéia péssima, mas eles alegaram que pedi um cachê muito alto e que não tinha sobrado muito para o resto.

Conformada, aceitei, contando que não fosse no meu bar!

Voltei pra casa fazendo planos. Iria fotografar e, na semana em que a revista fosse para as bancas, fugiria para as Bahamas, onde jamais descobririam meu passado de posar para revistas masculinas.

Fui dormir e comecei a sonhar que chegava às Bahamas e tinha uma multidão para me recepcionar junto com uma bandinha. Carregavam fotos gigantes retiradas da revista e gritavam meu nome. Eu chegava até a porta do avião e recuava, apavorada, e as aeromoças, todas de espartilho e meias arrastão, me levavam para o meio da multidão, que me pedia para tirar as roupas.

Acordei em pânico! Isso era um aviso! Não poderia fugir para as Bahamas, tinha que encontrar outro lugar para me esconder.

Pensei em ir para o Japão, mas naquela noite sonhei que chegava lá e ia para o hotel. Abri a porta do meu quarto, aliviada por ninguém me conhecer. Quando acendi a luz, várias gueixas me recepcionaram, tiraram minhas roupas, me banharam e me vestiram com um maravilhoso roupão de seda. Me deitaram num *futon* e me serviam barcos tão grandes de *sushis* que mais pareciam iates de *sushis*. De repente, elas saíram do quarto e apareceram uns japoneses que falavam em coro: " Tila a loupa! Tila a loupa!".

Acordei suando frio. Se nem para o outro lado do mundo eu poderia ir, como é que ia ser?

Como é que eu ia encarar o Franco e o Moreno? E o Horácio, então? Nem gosto de pensar. E seu Zé da padaria? E o seu Joaquim da peixaria? E o seu João, o jornaleiro? E a Pit?

Pensei, pensei e pensei e resolvi que não tinha jeito pra posar pra revista masculina. Era melhor arranjar outro modo de aumentar o limite do meu cartão de crédito.

Quando ia pegar o telefone para ligar pra revista, o telefone tocou. Era o editor-chefe da revista dizendo que sentia muito, mas que ia ter que desmarcar as fotos. Perguntei quando é que seria a nova data e sabem o que ele disse? Que nunca mais!

Como assim?, eu perguntei. E ele respondeu que tinham contratado uma garota mais novinha e que estavam indo para o Havaí tirar as fotos.

Desaforo! Duvido que uma menina mais novinha faça mais sucesso do que eu, uma balzaquiana tudo de bom! Tenho certeza de que venderia muito mais do que qualquer garotinha!

....

Estou de cama e acho que nunca mais vou levantar.

Minha auto-estima está despedaçada. Marquei com um terapeuta que dizem que é ótimo e que só cuida de mulheres com mais de 30.

Será que vou conseguir sair da cama para ir à terapia?

Quinta-feira
15 de setembro
2005

ENCONTRO NO BANHEIRO

Queridos,

Cansada que estou de procurar o homem com quem vou formar uma família e não encontrar, resolvi mudar meu foco.

Cheguei à conclusão de que os homens bonitos e espetaculares não querem um compromisso e resolvi investir no tipo intelectual, calmo e caseiro.

Conheci Sandro no banheiro de uma livraria.

Estava andando na rua e precisava ir ao banheiro. Vi uma livraria e entrei. Perguntei onde era o banheiro.

Sabe esses banheiros que têm uma parte comum para homens e mulheres e uma portinha para cada um?

Pois é, foi num desses que encontrei Sandro.

Entrei e ele estava encostado na pia, lendo um livro. Percebi que os dois banheiros estavam ocupados, e ficamos esperando, eu e Sandro .

O tempo começou a passar e resolvi puxar papo pra me distrair. Perguntei:

"Esse livro deve ser bom, né?".

Silêncio.

Tentei novamente:

"Nossa, deve ser ótimo, você nem ouviu o que te perguntei".

Silêncio. Ele estava tão concentrado que nem me ouviu.

Insisti:

"Caraca, um mulherão como eu trancada com você neste cubículo e você nem aí. Deve ser bom demais".

Ele levantou os olhos pra mim e perguntou:

"Falou comigo?"

Eu respondi:

"Estou falando com você há um tempão".

Ele ficou passado:

"Me desculpe. Eu estava tão absorvido pelo livro que nem percebi. O que você dizia mesmo?"

Disse que tinha perguntado qual o nome do livro que ele estava lendo, e ele respondeu que lia *Fédon*, de Platão.

Estranhei muito. Que nome horrível para um livro!

De repente olhei através daquelas lentes grossas e vislumbrei uma possibilidade. Pensei:

"Será que nossos filhos usarão óculos?".

Propus que procurássemos outro banheiro e saímos dali.

Conseguimos achar banheiros vagos numa pizzaria da esquina, aproveitamos e resolvemos comer uma pizza.

Sandro me contou que se interessava muito por filosofia, principalmente por Sócrates, e resolveu me falar sobre ele.

O que vocês me dizem de um homem cujo pai se chamava Sofronisco, a mãe Fenarete e a mulher Xantipa?

Parecem nomes de remédio. Presta atenção:

Sofronisco: remédio de nariz

Fenarete: pastilha pra garganta

Xantipa: pra prisão de ventre

Fiquei assustada e pensei: "Será que ele vai querer que um dos nossos filhos tenha um desses nomes?".

Continuou falando sobre Sócrates. Disse que era um filósofo e que nasceu em 470 a. C. em Atenas.

Pensei: "Que pessoa mais antiga! Quantos anos será que Sandro tem?".

Sandro contou mais detalhes sobre Sócrates. Que era um homem de muito vigor físico, que lutou em três batalhas e foi condecorado por bravura por ter permanecido com um ferido, o Alcibíades, salvando-lhe a vida. Disse também que tinha uma enorme resistência para andar de pés descalços e sem casaco no inverno.

Pensei: "Gente, esse Sócrates era demais!".

Minha queda por homens sarados estava voltando poucos minutos depois de ter terminado. Estava ficando louca por aquele Sócrates!

Sandro continuou contando que Sócrates é considerado o pai da filosofia e que ensinava seus alunos a pensar e desenvolver pensamentos sobre o que pensavam conhecer e logo depois colocar esse mesmo pensamento em contradição.

É meio confuso, mas um homem que diz "Só sei que nada sei" é tudo de bom, não é não?

Sandro tentou insinuar que Sócrates era péssimo marido e que bebia muito, mas como é que dava pra ser um bom marido com uma mulher megera como Xantipa?

E nossa noite continuou assim: Sandro falando de Sócrates e eu me apaixonando por Sócrates.

....

Estou deprimida.

Sócrates morreu envenenado. Foi condenado à morte só porque pensava diferente e não acreditava nos mesmos deuses que os governantes achavam que devia acreditar.

....

Sandro não pára de me ligar. Diz que um encontro como o nosso, dentro do banheiro, não foi por acaso. Diz que, esteja onde estiver, Sócrates nos quer juntos...

Será que nossos filhos ficarão bem de óculos?

Pit

Quinta-feira
15 de setembro
2005

BELINHA É ISABELLITA DE LOS CUCHILLOS

Amados,

Sei que devem estar impressionados com a história um tanto ou quanto bizarra da Pit, mas, mesmo assim, não posso deixar de contar o que me aconteceu, embora possa soar um tanto ou quanto bizarro também.

Peguei um ônibus para passar uns dias com uma amiga em Tiradentes, MG.

No meio do caminho, o ônibus pifou. Lógico que isso tinha que acontecer quando eu estivesse dentro dele.

Como estava muito abafado dentro do ônibus, resolvi sair um pouco. Vi que logo adiante havia um posto de gasolina com um bar. Perguntei ao motorista se dava tempo de dar um pulinho até lá para tomar qualquer coisa e comer um sanduíche. Ele disse que dava pra comer vários, pois a situação estava feia.

Peguei minha bolsa e fui pra lá. Comi um sanduíche, tomei um suco e fui ao banheiro me refrescar, retocar a maquiagem, enfim, me dar um trato!

Quando enfim saí e me dirigi à estrada... Cadê o ônibus?

Perguntei pra um e pra outro e me disseram que o ônibus havia ido embora há muito tempo. Disse que não era possível o ônibus ir embora sem mim, mas pelo jeito ele foi.

Fiquei furiosa e apavorada. Estava bem no meio do caminho, e a sensação que tinha é que estava no meio do nada... E as minhas malas?

Um senhor muito simpático me pediu licença e disse que sabia qual era a próxima parada do ônibus, e que, se eu quisesse, poderia me levar até lá. Fiquei meio sem saber o que fazer, mas resolvi aceitar.

Segui o senhor e chegamos até uma camionete velha, muito velha, mas ele me garantiu que ela nunca o tinha deixado na mão em 32 anos de uso.

Entrei, já que não via outra possibilidade, e constatei logo de cara que naquela velocidade não chegaríamos a lugar nenhum.

Enquanto tentava imaginar um jeito de encontrar o ônibus de outra maneira sem magoar o velhinho, ele me perguntou se podia dar uma paradinha antes no trabalho dele para deixar um pouco de gasolina.

Claro que minha vontade era dizer NÃO, mas quem sabe, chegando ao trabalho dele, conseguiria outro jeito de ir embora?

O velhinho pegou um atalho na estrada e entramos numa estradinha de terra toda acidentada. Buracos, pedregulhos e mais buracos.

Depois de muito chacoalhar, chegamos a uma cidade que de tão pequena parecia um arraial. Ele passou pela cidade e pude ver uma espécie de acampamento.

Chegando mais perto vi que não, não era um acampamento. Era um circo!

O velhinho parou na frente do circo e me disse que já voltava. Olhei em volta e não achei nenhuma outra espécie de transporte que não fosse um elefante, que, de tão velho, já tinha as barbas brancas.

Não acreditei e dizia pra mim mesma:

"Calma, Belinha. Tudo isto já vai acabar. Vamos com calma!".

Finalmente o velhinho apareceu e, junto com um homem baixinho, com um tampão de olho e óculos, veio em minha direção.

"Esse não é exatamente o tipo de homem a quem adoraria ser apresentada."

Os dois chegaram, e o velhinho me apresentou Juanito.

Eu disse: "Oi" e "Tchau". Estava aflita para ir embora.

O velhinho me disse que precisavam da minha ajuda.

Pensei:

"Ih! Que tipo de ajuda ele está esperando de mim?".

O problema era o seguinte: Juanito era o atirador de facas do circo, e a mocinha que ficava amarrada no círculo tinha fugido com o domador de leões.

Pensei: "Sim, e eu com isso?".

Como se tivesse lido meus pensamentos, o velhinho me contou uma triste história: ele era o dono daquele circo, que já fora próspero, há muitos anos. Os tempos passaram e ficaram difíceis, e ele estava devendo muito dinheiro de taxas. Se o circo não abrisse naquela noite, ele não arrecadaria o dinheiro necessário e cassariam a licença de funcionamento.

Não entendi muito o que ele queria dizer com aquilo e expliquei que, infelizmente, não tinha muita intimidade com os leões e, portanto, não poderia fazer muita coisa. Nem dinheiro para emprestar eu tinha, pois gastara o que tinha na carteira e o resto estava na mala, e não me parecia que houvesse um caixa eletrônico por ali.

Ele me olhou e disse que ele mesmo entraria na jaula do leão, pois fora um grande domador no passado. Ele precisava que eu ficasse no lugar da mocinha das facas.

Assustada, olhei para o atirador de facas, mas eles me garantiram que ele era dos melhores.

"O que será que ele está fazendo neste circo, se é tão bom assim?"

Juanito me disse que depois poderia me levar até Tiradentes.

Olhei pra um, olhei pra outro, e vi aqueles olhos de pedintes olhando pra mim.

É claro que topei, pois meu coração é imenso, mas só se tivesse a garantia de que, assim que acabasse, Juanito me levaria embora.

Na hora H entrei em pânico. O arraial inteiro devia estar ali.

Anunciaram o atirador de facas e a galera delirou.

Juanito entrou e, sob aplausos, anunciou a moça mais corajosa de todos os tempos: Isabellita de los Cuchillos!!!

Eu, naturalmente.

A mocinha das facas era muito mais magra do que eu. Portanto, eu era uma mulher atarracada num maiô muito menor do que eu. Mal conseguia respirar.

Juanito me levou até a roda e prendeu meus braços e pernas. Fiquei parecendo uma estrela e comecei a achar lindo!

De repente, Juanito tirou os óculos. Apavorei!

Um olho sem tampão e o outro sem óculos? Tentei gritar, mas o grito não saía. Não tinha ar.

A roda começou a girar, e eu, Isabellita de los Cuchillos, pensava no que estava fazendo ali. Acho que a falta de oxigenação no cérebro me deixou meio alucinada, e pensei:

"Estou aqui porque sou uma estrela do circo. Eu sou Isabellita de los Cuchillos".

De repente, vi uma faca voando para cima de mim.

E tudo escureceu.

....

Acordei no meu quarto e pensei:

"Caraca! O céu é igualzinho ao meu quarto? Que falta de criatividade! A gente crente que vai para o paraíso e continua tudo igual!".

Olhei para o lado e vi Juanito sem óculos e sem tampão de olho. Nossa, o céu é mesmo o paraíso. Até os olhos de Juanito ficaram curados. Hum, ele ficou um gatinho... Algum anjo deve ter dado uma recauchutada no bofe!

De repente olhei para o outro lado e vi o Horácio. Dei um grito. Será que não estava no paraíso?

De repente Pit, Moreno e Franco chegaram também. Pensei: "O mundo acabou e veio todo mundo pra cá. Estou condenada a estar com todos por toda a eternidade?".

Pit chegou perto de mim e cochichou no meu ouvido:

"Danadinha! Esse gato é que era a sua amiga de Tiradentes?".

Amados, custei a entender que estava vivinha da silva e que nossa apresentação tinha sido um sucesso tão grande que o circo recebeu convites para se apresentar em várias cidades. Eu havia desmaiado por falta de ar, e Juanito, que na verdade se chama João, achou meu telefone e resolveu me trazer pra casa.

E Juanito? Ele nunca foi caolho nem míope, nem nada. Era só pra fazer suspense.

E nós? Nós estamos nos conhecendo...

Quinta-feira
15 de setembro
2005

MAIS UMA TENTATIVA E NADA...

Queridos,

Sandro é um fofolete, mas... não dá.

Sabe quando não rola uma química? Pois é.

Daí conheci Arnaldo na esquina aqui de casa. Ele me deu uma trombada quando dobrava a esquina e voei longe! Estou com o corpo cheio de manchas roxas.

Gente, Arnaldo é um luxo! Alto, forte, sarado, meio bruto. Sabe aquele homem rústico? Uma pegada dele devia ser o máximo! Ele era tudo aquilo que eu disse que não queria nunca mais. Mas alguma coisa me dizia que ele era diferente.

Arnaldo ficou tão passado por ter me jogado no chão que imediatamente me levantou, me ajeitou e me levou até em casa. Pôs um gelo nas minhas pernas e senti um calafrio.

Pensei: "É esse!".

Puxei Arnaldo pela gola da camisa e lhe dei um beijo apaixonado.

Ele se assustou e pulou pra trás. Pensei: "Será que ele não gostou?".

Ele se desculpou, dizendo que não estava acostumado a beijar desconhecidas.

Desconhecida, eu? O cara praticamente me atropela, me joga no chão, me leva pra casa, cuida de mim e diz que não me conhece?

Me apresentei: "Oi, sou Pit".

E ele: "Oi, sou Arnaldo".

Eu disse: "Agora que você já me conhece, já pode me beijar". E puxei o cara pelo colarinho novamente, e ele se afastou novamente.

Perguntei qual era o problema agora. Será que ele era casado?

Ele disse que não, mas que as coisas não eram assim.

Como assim, não eram assim?

Ele disse que precisávamos nos conhecer melhor.

Eu, que nunca soube que pra beijar tinha que saber o nome, muito menos conhecer o objeto de desejo, cedi.

Começamos a nos encontrar. Ele é um *gentleman*. Abre a porta do carro pra que eu saia, me manda flores, me leva pra jantar em ótimos restaurantes, mas o resto que é bom.... nada! Sabe quando falta alguma coisa? Quer dizer, sabe quando falta praticamente... tudo?

É verdade. Arnaldo e eu ainda não... Bom , vocês sabem. Não sei se posso falar essas coisas íntimas no blog, mas vocês me entendem.

Daí ele me convidou para conhecer os pais dele. Pensei: "Uau! Será que essa é a senha pra gente.... ? Será que é só conhecer a família que fica liberado?".

Topei na hora.

Fiquei na dúvida: com que roupa eu iria? Optei por um modelinho discreto. Uma saia comportada, uns dez dedos acima do joelho, uma blusinha básica tomara-que-caia, um salto 8 e um batonzinho vermelho.

Arnaldo, quando veio me buscar, fez uma expressão ambígua. Não sei dizer se de aprovação absoluta ou de desaprovação total.

Chegamos à casa dos pais de Arnaldo.

Toda a família de Arnaldo estava lá. Os pais, os avós, os tios, os primos. Até os vizinhos estavam lá.

Sabe a família Buscapé? Pois é, e Arnaldo era o meu Ferdinando.

Me senti como uma cabeça de gado sendo avaliada num leilão.

Todos me olhavam de cima a baixo. Até meus dentes tive que mostrar.

"Bons dentes", dizia tia Aurora.

O jantar foi servido. Veio um leitão inteiro com uma maçã na boca, um peixe inteiro com os olhos arregalados olhando pra gente, um peru e um frango sem cabeça.

Fiquei com tanta pena daqueles bichinhos que não pude controlar o choro. Arnaldo, sem saber o que fazer, tirou o guardanapo que estava lhe servindo de babador e com ele enxugou minhas lágrimas. Ninguém entendeu nada, mas ouvi uma das tias dizendo: "É muito mole essa garota. Imagina na hora que tiver que torcer o pescoço das galinhas... Não serve pro nosso Arnaldo".

Não deixei que essa observação maldosa me perturbasse e me servi de umas duas folhinhas de alface e meia de rúcula. Ouvi então mais alguns comentários:

"É por isso que é tão magrinha. Não come".

"Você viu as pernas dela? Dois cambitos."

"Não vai ter força pra puxar um arado."

"Muito menos pra domar um potro."

Já estava achando aquela conversa meio esquisita, até que veio a derradeira:

"Já está meio passadinha... Já deve ter passado dos 30".

"Não sei se vai parir bons filhos!"

Levantei da mesa, indignada, olhei para aquela família com o nariz em pé e disse:

"Pois quem não precisa desta família sou eu!"

Olhei bem fundo nos olhos de Arnaldo e disse:

"Até porque não entendi muito bem como é que essa família procria. Só sei que pelos métodos normais é que não é".

Arnaldo gelou e todos os olhares da família se voltaram pra ele.

Ele ficou sem saber o que fazer e o que dizer, até que um tal de primo Acácio levantou e disse:

"Arnaldo, está na hora de dizer toda a verdade!".

A família inteira, que havia se virado de Arnaldo para Acácio, virava-se novamente para Arnaldo, mais parecendo que assistiam a um jogo de tênis, já que eles estavam em lados opostos da mesa. Arnaldo ficou mais vermelho que um tomate.

Acácio retomou a palavra:

"Arnaldo conheceu Pit e resolveu tentar, pela última vez, testar sua verdadeira natureza, e finalmente tudo se encaixou nos seus devidos lugares".

Fez uma pausa dramática, enquanto todos olhavam para ele, e continuou:

"Eu e Arnaldo estamos noivos. Vamos nos casar e adotar uma criança forte e robusta".

Silêncio. Meu coração quase parou. Estava me preparando para a reação da família, quando, de repente, o pai deu um murro na mesa.

Pensei: "É agora que a baiana vai rodar!".

O pai se levantou com os olhos brilhantes e... levantou um brinde aos noivos. Com o casamento, as fazendas das duas famílias se uniriam e formariam uma potência. A mãe começou a pensar nos detalhes, como o bolo, a decoração, os doces. A avó perguntou se podia escolher o nome da criança. As primas discutiam sobre quem iria pegar o buquê e as crianças se estapeavam para ver quem iria levar as alianças. E eu?

Saí correndo dali sem que ninguém me notasse e achando que a vida não estava sendo justa comigo.

Por que Acácio e não eu?

....

Tive pesadelos horríveis! Sonhei que o peixe de olhos esbugalhados era um padre que casava o leitão com a galinha do pescoço torcido ao contrário, até que um peru *gay*, sem cabeça, entrou pela igreja adentro gritando que o leitão não poderia se casar com aquela galinha, pois ele o amava.

Eu era madrinha do leitão. Ele olhava para o peru, que não via ninguém, pois não tinha cabeça, jogava o buquê em cima de mim e corria para os braços do peru.

A galinha olhou pra mim, piscou o olho que estava nas costas e disse: "E aí, gatinha?".

Acordei apavorada, suando muito. Decidi que daquele dia em diante ia virar vegetariana pra sempre!

Domingo
18 de setembro
2005

UM DIA DE CÃO

Amados,

Não acordei bem. Sabe quando a gente acorda com o peito apertado, com uma espécie de angústia? Pois é, é exatamente assim que estou me sentindo.

Já tentei de todas as maneiras descobrir por quê.

Não tenho nenhum conhecido se casando, não encontrei

nenhum ex-marido, muito menos ex-amigas que ficam me esnobando só porque o cartão delas não tem limite e o meu tem, o bar – apesar de Franco ser gerente e de Horácio pendurar todas as contas sem pagar nunca – não está dando prejuízo, pelo contrário. Pit não me arranjou nenhuma trapalhada...

Fico preocupada porque da última vez que tive essa sensação um ex-marido apareceu.

Bom, resolvi dar uma volta para tomar ar fresco. Foi só eu começar a respirar fundo que o Horácio passou com aquele calhambeque soltando uma horrível fumaça preta, que, nessa altura, está grudada nos meus pulmões.

Tossi tanto que fiquei meio sem ar. Uma velhinha que vinha passando se compadeceu da minha pessoa e deu um tapa tão forte nas minhas costas que tropecei e caí de joelhos. Como estava de saia, não só me ralei toda como dei o maior show do quarteirão nos últimos tempos. Que velhinha forte! Ela ainda quis me ajudar, mas agradeci muito e segui em frente.

Continuei andando e de repente um cachorro enorme veio correndo em minha direção. Fiquei tão apavorada que paralisei. O cão estava fugindo do dono e, quando passou por mim, a guia da coleira se enrolou nas minhas pernas e pronto! Fui de novo para o chão.

Levantei meio tonta e percebi que minha saia estava rasgada. Enquanto tentava dar um jeito nela, um caminhão passou por cima de mim.

O caminhão era a dona do cachorro, que pesava uns 120 quilos e, do jeito que vinha, veio. Em vez de desviar, continuou em frente. E quem estava na frente? Eu, naturalmente.

Já estava me sentindo uma passa de tão amarfanhada e estropiada.

Enquanto tentava me levantar, uma senhora muito bem vestida passou e me jogou umas moedas.

Pensei: "Eu mereço".

Resolvi que o melhor era voltar pra casa, tomar um banho e

me enfiar debaixo das cobertas até o dia seguinte, para não dar mais nenhuma chance ao destino.

Quando estava voltando, senti alguma coisa cutucando minhas costas e alguém sussurrando no meu ouvido: "É um assalto. Vai passando a grana quietinha, senão te furo toda".

Não sei explicar como, mas estava calmíssima. Mostrei as moedas que havia ganho e disse que era só aquilo que eu tinha.

O ladrão riu de mim e disse que sabia onde era meu bar e me carregou pra lá.

Assim que chegamos, ele disse: " Mãos ao alto".

Franco e Moreno levantaram as mãos imediatamente. Franco, inclusive, estava com uma jarra que havia sido de meu tataravô, e é claro que a largou no chão e ela se espatifou sem possibilidades de cura!

Enquanto todos nós levantávamos as mãos, Horácio olhou para ele e disse: "Levante as mãos você, soldado! Bang, bang!".

Horácio fingiu que atirou nele, e o bandido caiu no chão, gritando: "Fui atingido! Fui atingido!".

Moreno e Franco ficaram tão impressionados que se ajoelharam na frente de Horácio. gritando: "Milagre! Milagre!".

Por uns pouquíssimos momentos, fiquei preocupada, mas imediatamente depois peguei um vidro de *ketchup* e joguei em cima da criatura, dizendo que era para dar mais veracidade à performance dele.

Em seguida fui chamar a polícia. Horácio começou a implorar e a pedir que não fizesse isso. Aquele era Olavo, seu primo caçula que não via há anos.

Disse que o priminho caçula tinha tentado assaltar o bar, mas que a arma era de brinquedo.

Não é que era mesmo?

Claro que só dei o braço a torcer depois que fiz Horácio se comprometer a pagar tudo o que devia e de ter por escrito o compromisso de que ele e o primo iam dar um trato no bar. Pintar, limpar, dar um jeito nos canos, essas coisinhas.

Mas sabem? Continuo com aquela sensação estranha de angústia. Tenho certeza de que algum ex-marido vai me aprontar alguma...

O que será que vem por aí?

Domingo
18 de setembro
2005

UM ENCONTRO COM O ANALISTA

Amigos,

Também acordei angustiada hoje, mas por um motivo diferente do da Belinha.

O tempo está passando, e tenho a sensação de que já conheci quase todos os homens que existem por aí e nunca dá certo.

Pensei e cheguei à conclusão de que talvez o problema seja EU.

É claro que resisti muito a essa conclusão, mas por via das dúvidas resolvi marcar uma hora com um analista.

Achei melhor que fosse homem, pois assim minhas possibilidades aumentavam um pouco mais.

Fiz uma pesquisa com algumas amigas, frisando os pré-requisitos necessários:

O terapeuta tinha que necessariamente:

1. Ser solteiro.
2. Ter entre 35 e 55 anos.
3. Ter uma vida estável.
4. Ter uma boa casa.
5. Ser alto, magro e com abdômen definido (tenho uma queda por abdomens definidos).
6. Ser meigo, simpático.
7. E me amar desesperadamente (esse item elas disseram que não podiam garantir).

Aquele que se encaixava melhor dentro deste perfil era o dr. Otávio.

Demorei horas até resolver qual o modelito mais adequado, e escolhi uma calça *jeans* com cós bem baixo, uma camisetinha deixando meu abdômen, também definido, à mostra, e fui.

Gente, Otávio é tudo de bom. A única coisa que estranhei um pouco foi que ele piscava muito.

Pensei: "É neurótico!". Mas tudo bem, alguma coisa esquisita ele tinha que ter. Afinal, um cara que escolhe ficar ouvindo o problema dos outros ou é um fofoqueiro ou tem algum problema.

É que nem dentista. Como é que alguém pode escolher passar o dia com a cara dentro da boca dos outros, vendo um monte de dentes estragados? Tem coisa mais horrorosa?

Entrei, e Otávio, muito gentilmente, me ofereceu o divã para que eu deitasse.

Pensei: "Hum, esse vai direto ao assunto".

Mas achei melhor não colocar a carroça na frente dos bois. Preferi uma poltrona bem em frente à dele.

Sentei e pensei: "Nossa, que olhar penetrante"...

Quer dizer, quando ele não estava piscando, dava pra dar uma olhadinha nos olhos dele.

Ele me perguntou o que havia me levado até ele, e quase respondi que eram aqueles músculos maravilhosos saindo pela manga da camisa, mas consegui travar essa resposta bem na hora em que ela estava escapulindo.

Expliquei as razões que me levaram a marcar a consulta, e ele achou bem interessante.

"Quer dizer que você tem problemas ao se relacionar com homens?"

Acho que ele não entendeu direito o que falei, e eu disse que, pelo contrário, eu me relaciono fácil, fácil com os homens. Ataco numa boa. O problema é depois do ataque. Nunca dá certo.

Ele acrescentou que eu mesma rejeitava os homens que escolhia.

Fiquei sem graça de dizer que a maré não tá pra peixe e que não dá pra ficar escolhendo muito: o que me aparece eu vou em frente.

Otávio me perguntou assim, na lata, qual a minha visão do sexo.

Percebi que as coisas estavam esquentando e que Otávio tinha potencial.

Respondi à pergunta dele dizendo que nesses momentos eu costumava ficar de olhos fechados, então não tinha muito o que falar sobre a minha visão dos fatos.

Acho que ele não entendeu minha reposta. Às vezes, falo de uma maneira tão elaborada que entendo quando as pessoas não captam a essência das minhas palavras.

Ele perguntou então como eu me relacionava com meu pai.

Fiquei boba! O cara já queria conhecer meu pai!

Disse que ele não precisava se preocupar, pois meu pai era totalmente do bem.

Acho que ele relaxou, pois mudou de assunto e voltou para a questão do sexo.

Fiquei mais animada ainda, mas decidi que ia fazer o cara esperar. Qual é? Nem conhecia a pessoa direito!

Contei tudo, desde a minha primeira vez. Acho que ele não achou muito interessante, pois começou a cochilar.

Fiquei passada. Minha vontade era ir lá e sacudi-lo com todas as forças.

Como assim, cochilar no primeiro encontro?

Mas decidi ir com calma. Sacudi Otávio com toda a delicadeza e, quando ele acordou, disse, como se nada tivesse acontecido: "Sim, pode continuar".

Continuei a falar e fui chegando à minha fase adulta, fase em que adquiri vasta experiência no assunto. Otávio começou a piscar mais do que nunca e, à medida que eu ia contando, começou a ter mais e mais tiques nervosos. Espichava o pescoço, projetava o queixo para a frente, mordia os lábios. Uma loucura!

A coisa foi ficando tão enlouquecida que resolvi dar uma pausa. Levantei, peguei Otávio lentamente pelas mãos e o levei até o divã. Ele deitou, sentei-me na sua cadeira e pedi que falasse um pouco sobre seus temores. Peguei seu bloco de anotações, e ele começou a falar.

Pobre Otávio! Contou sua vida desde o início, suas dificuldades com o sexo devido à superproteção da mãe, que, viúva muito cedo, projetou nele todas as suas expectativas, e blá, blá, blá... De repente, começou a chorar.

"Nossa, mas esse moço está muito estressado!"

Cantei uma cantiga de ninar e em pouco tempo Otávio estava cochilando.

Peguei minha bolsa e sai pé ante pé para não acordá-lo.

Saí com uma boa sensação. Tinha ajudado alguém, apesar de ter procurado esse alguém para ser ajudada.

Enfim, nem tudo é do jeito que a gente quer. Porque o que eu queria mesmo é que ele me pegasse nos braços, me beijasse e dissesse que me amava desesperadamente.

Custava ele fazer isso?

Quinta-feira
22 de setembro
2005

ENCONTRO MASCARADO

Amados,

Ontem eu estava no supermercado quando aconteceu um acidente. Meu carrinho bateu num outro carrinho, que foi parar em cima de um rapaz que estava escolhendo peixe. O rapaz ficou imprensado entre o carrinho de supermercado e um cardume de sardinhas que o olhavam com olhos esbugalhados. Muito sem graça, tentei me desculpar.

Quando o rapaz se virou para mim, gelei.

Eu, Belinha Y Silva, fiquei chocada com a beleza daquele menino. Menino, sim, pois tinha 23 anos. Fiquei até sem graça, pois olhava pra ele tão abobalhada que não conseguia nem fazer nem dizer nada.

Ele sorriu, me pediu licença e tirou o carrinho de cima dele.

Meio atrapalhada, pedi mil desculpas, e ele me disse que tudo bem, que eu não ficasse nervosa, estava tudo ótimo!

Fui me despedir, e ele me convidou pra tomar um café, pra ver se me acalmava. Mal sabia ele que o café me deixa uma pilha, mas não podia negar um convite daqueles.

Fomos tomar um café, e ele me contou que estava se formando em arquitetura e coisa e tal. Rimos muito e, na hora de ir embora ele me convidou pra sair com ele, assim de supetão!

Fiquei péssima. Como assim, sair com uma criança? Ao mesmo tempo, eu pensava que tinha que parar de ser tão caretona. Afinal, ele era um homem, na verdade um projeto de homem, mas... que projeto de homem!

Marcamos para hoje à noite, e eu, apavorada, cheguei em casa e me olhei bem no espelho debaixo de uma luz fria, aquela que acaba com qualquer mulher.

Descobri que meu rosto estava quase entrando em processo de descida. Sabe quando o comandante faz aquele *speech*?

"...COMEÇAMOS O PROCEDIMENTO DE DESCIDA..."

Pois é. Resolvi aceitar o convite de Marília, uma amiga esteticista, para ser cobaia de um novo produto que ela estava experimentando, um produto similar a esses que paralisam os músculos do rosto e eliminam as rugas.

Sai de lá maravilhada! Estava com rosto de criança. Pra falar a verdade, estava quase mais jovem que ele.

Antes de dormir, ainda passei meus 27 cremes para dar uma reforçada.

Acordei sentindo um formigamento no rosto. Fui até o espelho e...

Ahhhhhhhhhhhhhhhhhhhhhhhhhhhhhhhhh!!!!!!!!!!!!!!!!!!!!

Meu rosto, além de paralisado, estava cheio de pintas vermelhas!

Fiquei louca. Me vesti, coloquei um lenço na cabeça, os maiores óculos que tinha e fui até o consultório de Marília mostrar o estrago que ela havia feito.

Ao me ver, Marília ficou maravilhada.

Me sentou, colocou uma luz fortíssisma no meu rosto e começou a fazer anotações. Anotava que após injetar tantos mililitros do produto XYZ, a cobaia apresentou, dezesseis horas depois, paralisação quase total dos músculos faciais, além de pequenas erupções avermelhadas na pele.

Perguntei quando aquilo ia acabar, e ela respondeu que não sabia, e que tinha que me monitorar.

Furiosa, eu disse – quer dizer, tentei dizer, pois meus lábios estavam paralisados – que tinha um encontro à noite que não podia dar errado. Ela me respondeu que, se eu a tivesse avisado, não teria injetado nada. Afinal, ainda estava testando o produto.

Saí de lá me sentindo um Frankenstein, um experimento.

Cheguei em casa e não falei com ninguém.

Coloquei compressa de água fria, água quente, água

boricada, água oxigenada, pasta d´água, chá gelado, tudo o que podia, e nada...

Meu rosto estava tão petrificado que, se esbarrasse em alguma coisa dura, era capaz de rachar...

Pit chegou e, quando me viu, deu um grito de terror. Imagina o que um garoto ia fazer?

Expliquei a situação e pedi pra ela me ajudar. Depois de analisar bem meu rosto, ela disse:

"Já sei! A gente compra uma máscara! Tem várias em lojas de artigos de carnaval!".

Quase dei na Pit, mas até achei que podia dar certo.

Pit comprou pra mim uma máscara bem extravagante, com lantejoulas, fitas, etc.

Quando o menino me ligou, Pit atendeu, fingindo que era eu, e o convidou para uma noite inesquecível na minha casa.

Quase dei na Pit novamente!

Me arrumei, coloquei um vestido-combinação, desses que desliza pelo corpo, coloquei a máscara, um perfume bem insinuante, diminui a luz ao máximo possível, para ficarmos apenas na penumbra, e ele chegou.

Já chegou tropeçando e dizendo que estava escuro pra caraca.

Relevei o linguajar. Era praticamente um adolescente.

Perguntou se ia rolar uma festa a fantasia.

Coloquei Ella Fitzgerald, e ele perguntou o que era aquilo. Desligou o som, pegou seu iPod, pôs um fone no ouvido dele e o outro no meu e disse que era pra gente curtir o som. Começou uma gritaria no meu ouvido e consegui me desvencilhar do iPod.

Perguntei se ele queria um drinque, e ele disse que uma cerveja ia ser maneiro. Dei uma cerveja pra ele, e ele perguntou se eu não ia me arrumar pra gente dar um rolé.

Disse que tinha pensado em alguma coisa mais íntima, só nos dois. Ele adorou a idéia e se jogou em cima de mim. Caímos deitados no sofá, ele arrancou minha máscara e tentou me beijar. Infelizmente não pude retribuir.

Ele disse que minha cara estava esquisita e acendeu a luz. Deu um grito de terror e se mandou!

Agora me diz, eu precisava passar por isso?

* * *

Tenho uma agenda enorme com Marília. Ela quer me ver duas vezes por dia. Disse que acha que rapidinho eu me recupero. Uma semaninha mais ou menos.

Enquanto isso, vivo só aqui no apartamento. Pit diz que tem medo de me encontrar à noite no meio do corredor.

Está dormindo no quartinho do Franco e do Moreno.

Quinta-feira
22 de setembro
2005

AULA DE DESENHO

Amigos,

Me inscrevi numa aula de desenho. Senti que precisava me expressar e que a arte estava me chamando.

Procurei um bom curso e me inscrevi. Peguei a lista de material, que de tão grande mais parecia tíquete de supermercado depois que a gente faz compra de mês. Sabe aquele tíquete que parece uma lombriga e você dobra e dobra e dobra e ainda tem que continuar dobrando?

Pois é. Um material caríssimo. Mas achei que valia a pena investir em mim mesma, na minha alma.

Fiquei ansiosa pelo primeiro dia de aula.

Cheguei e já me apresentei aos colegas. Meus colegas de turma eram:

1. Maria das Graças: dona-de-casa.

2. Guto: estudante e adolescente. (Adolescente não tem nome, tem apelido. Esse menino era o maior gatinho. Ficava com ele!)

3. Amaury: engenheiro (queria amolecer a alma).

4. Adelaide: dona-de-casa.

5. Ernesto: desempregado.

6. Eu: dona de bar.

A professora era uma senhora muito simpática chamada Amélia.

A primeira aula foi uma espécie de apresentação do curso e dos alunos.

Nos apresentamos e dissemos o que queríamos com aquelas aulas.

Eu disse que, além de querer elevar minha alma, ter uma maior intimidade com a arte, estava achando superbacana ter novos amigos.

O adolescente, ao me ouvir dizer superbacana, perguntou: "Super o quê?".

Percebi que teríamos problemas de comunicação.

No segundo dia, passei a aula inteira tentando copiar umas maçãs. Nunca pensei que maçãs fossem tão complexas. Já tentaram desenhar uma maçã?

No terceiro dia, fomos ao Jardim Botânico e tínhamos que desenhar uma árvore, mas não era simplesmente copiar! Tínhamos que nos conectar com ela, captar a sua essência, transmitir sua vitalidade enquanto ser vivo até sentir o seu pulsar!

Bom, sentei na frente de uma árvore chamada *Caesalpinia echinata*. Li na plaquinha. Achei que era uma boa árvore para copiar.

Antes de mais nada, tentei me relacionar com ela. Dei bom-dia, perguntei como ia a família. Fui supersimpática, mas ela nem aí pra mim.

Tentei jogar uma conversa mais *relax*, pra ver se ela relaxava e me dava uma força, mas ela nem aí pra mim.

Fiquei tão irritada que troquei de árvore. Fui dar um alou pra uma *Antocarpus heterophyllus*. A mesma coisa. Nem aí pra mim.

Olhei em volta e vi Maria das Graças abraçada com uma *Andenanthea colubuna*, o desempregado batendo o maior papo com uma *Platycyantus regnelii*, o engenheiro trocando idéias com uma *Luehea divaricata* e o adolescente tirando um cochilo embaixo de um *Tabebuia chrysotricha*.

Cheguei à conclusão de que eu e as árvores não tínhamos muito em comum. Daí voltei pra *Caesalpinia echinata*, pois achei que todos temos intimidade com o pau-brasil (o nome vulgar dela), e disse que ia copiá-la na marra. Acabei e achei lindo. A professora Amélia olhou o meu desenho, olhou pra mim e disse: "Uma árvore não é um poste".

Tentei explicar que não havia conseguido nenhuma colaboração maior da árvore, mas ela foi irredutível e me deu uma nota péssima.

Fiquei arrasada e fui para o quarto dia de aula. Amélia disse que naquele dia iríamos pintar seres humanos.

Fiquei mais desanimada ainda. Se não conseguia pintar uma árvore, como ia conseguir pintar uma pessoa?

De repente, um deus grego entrou pela sala adentro.

Amélia nos apresentou Jonas, que seria nosso modelo vivo.

Fiquei fascinada com Jonas. Ela nos mostrou alguns desenhos de Leonardo da Vinci, fazendo paralelos com o corpo ma-ra-vi-lho-so de Jonas.

Gente, o que são os músculos de Jonas?

Amélia mandou que iniciássemos os trabalhos. Coloquei minha tela bem na frente de Jonas. Para entender melhor a curvatura dos braços, das pernas e aquelas ondas abdominais, precisei estabelecer um contato imediato de primeiríssimo grau com o modelo vivo.

Que pele tinha Jonas. Um espetáculo!

Maria das Graças começou a reclamar, dizendo que eu estava demorando demais e que o modelo vivo era de todos.

Um sentimento de posse tomou conta da minha pessoa, e, totalmente fora de mim, gritei: "Não! Ele é só meu!".

E aí já viu. Enfurecida, Maria das Graças me pegou pelos braços, tentando me arrancar dali. Eu, uma mulher possuída, dei um chega pra lá nela. Maria das Graças, ao perceber que eu era muito mais forte, resolveu partir para a ignorância. Pegou as tintas e borrou toda a minha tela!

O retrato de Jonas estava destruído!

Furiosa, tentei arrancar os cabelos dela, até que a professora chegou, nos separou e nos expulsou da aula.

....

Fiquei muito magoada com Amélia. Não precisava ter me expulsado daquele jeito. Só porque eu quis arrancar uns pedacinhos do cabelo horroroso da Maria das Graças. Era até um bem que estaria fazendo a ela.

Mas não faz mal. Agora tenho aulas particulares. Há uma semana que Jonas vem todo dia posar pra mim aqui em casa.

Até agora só consegui traçar suas sobrancelhas. Temos tantas outras coisas a fazer...

Sexta-feira
23 de setembro
2005

CASAMENTOS PODEM FAZER MAL À NOSSA BELEZA

Amados e amadas,

Esta semana vi uma foto que me lembrou momentos marcantes da minha vida.

A foto era de Lula, José Dirceu e Luiz Gushiken, os três de barba!

Ok que Lula e Gushiken ainda têm barba, mas é uma barba branca, meio rala, resultado da idade e da situação em que se encontram, que, vamos combinar, é de arrepiar todos os pêlos do corpo!

Por alguns instantes, fiquei imaginando todos nós com os cabelos em pé! Os pêlos do ser humano, em franca demonstração de insatisfação e repúdio à situação em que nos encontramos, resolvem ficar em pé por um tempo indeterminado. Uma espécie de protesto e de instinto de preservação, pois, se afundarmos todos na lama, os cabelos e barbas, em pé, podem se salvar.

Essa história de barba me lembrou meu primeiro marido, Eustáquio. Eustáquio cultivava uma grande e espessa barba, que era o seu maior orgulho.

A bancada do banheiro era totalmente ocupada pelos pentes, pentinhos, escovas, escovinhas e tesourinhas reservados exclusivamente à barba de Eustáquio. Pra mim, sobrava uma prateleira onde eu empilhava meus 27 cremes.

Era um homem absurdamente metódico. Ele repetia o mesmo ritual, rigorosamente, todas as manhãs.

Acordava, passava um amaciante na barba, tomava café e se trancava no banheiro para cuidar dela.

Já no banheiro, após o banho, penteava cuidadosamente a barba pra baixo, pra cima, pra direita e pra esquerda. Repetia o mesmo ritual com os bigodes. Depois, pegava a tesourinha e aparava algum fio da barba ou do bigode que ousasse se rebelar, e depois escovava longamente a barba e o bigode. Observava se os fios da narina estavam organizados e aproveitava para dar um trato nas sobrancelhas. Dava uma ajeitada nos cílios e, quando tudo estava pronto, mirava-se no espelho com franca satisfação.

Ao sair para o trabalho, me mandava um beijo de longe, pra não se despentear.

Tenho que confessar que era uma relação sofrida. Eu tinha verdadeiros ataques de espirro a cada beijo, e o bigode espetava, espetava muito! Fora o fato de que ele reclamava muito quando eu desarrumava sua barba.

Para beijar Eustáquio, tinha que fazer bico, e eram beijos, digamos assim, burocráticos, só pra constar. Com o tempo, comecei a me recusar a beijá-lo daquela maneira, pois estava começando a ter rugas em volta da boca de tanto espichar o bico!

O casamento, que por si só já é um desastre para qualquer relacionamento, foi ficando cada vez mais morno, e a barba e o bigode de Eustáquio, cada vez mais arrumados.

Eustáquio começou a chegar tarde em casa, até que um dia me avisou que não o esperasse.

Dormi feito pedra e, quando acordei e olhei para o lado, dei um grito que acordou toda a vizinhança.

Tinha um homem estranho na minha cama!

O homem acordou, assustado com o meu grito, e saí correndo de pijama e tudo. Toquei a campainha do vizinho, entrei e tranquei a porta. Avisei que tinha um estranho na minha cama.

Os vizinhos se entreolharam, e quase pude ler o pensamento dos dois. Era algo assim: "Sei. Tomou um porre, dormiu com outro e agora não se lembra de nada".

De repente, me dei conta de que não tinha visto Eustáquio, e liguei pra polícia. Avisei que meu marido havia sido seqüestrado, e que o seqüestrador acordou na minha cama!

A campainha dos vizinhos começou a tocar. O vizinho olhou pelo buraquinho e disse que um homem estranho, de cueca, estava tentando entrar.

A polícia chegou e cercou o prédio. A captura foi rápida. Da janela, podíamos ver o homem de cueca esperneando, algemado, e sendo colocado dentro do camburão.

Muito nervosa, dei meu depoimento. Todos acharam tudo

muito estranho. O que o seqüestrador estava fazendo na minha cama?

Bom, o final vocês podem imaginar.

O estranho era meu marido, Eustáquio. Segundo ele, havia tido uma terrível alergia, e o médico mandou que tirasse a barba e o bigode para que a pele pudesse respirar.

Depois que o mal-entendido foi desfeito, levei umas roupas para a delegacia e fui com aquele homem pra casa. Fiquei muito desconfortável, pois aquele não era o Eustáquio que eu conhecia. Olhava pra ver se reconhecia alguma coisa em seu rosto, mas não conseguia.

Aquele era um farsante, pois o Eustáquio que eu conhecia não tiraria a barba por nada neste mundo.

Naquela noite, dormi no quarto de hóspedes. Não tinha a menor intimidade com aquele homem de pele lisa que estava dormindo na minha cama.

No meio da noite, tive um *insight*, fui até o quarto, acordei Eustáquio aos tapas e perguntei:

"Quem é ela?".

Eustáquio ficou meio sem graça, mas acabou confessando que havia se apaixonado por uma moça que tinha uma terrível alergia a barba e bigode.

Fiquei arrasada! Não exatamente por Eustáquio, pois nosso casamento já vinha mal há algum tempo, mas porque ele só foi capaz de tirar a barba por outra que não eu.

E as ruguinhas em torno da minha boca?

Na ocasião de nossa separação, exigi que ele pagasse um *lifting*.

Um casamento pode acarretar danos terríveis à beleza da mulher!

Segunda-feira
26 de setembro
2005

CPI DA SEMANADA

Amados e amadas,

Estamos instalando a CPI da semanada.

Descobrimos que alguém anda cobrando dos desavisados uma certa quantia por semana para garantir um lugar no abrigo da Pit lá no fundo do bar.

Outro dia tinha uma fila de gente na porta querendo reservar os melhores lugares.

Parece que a semanada tem valores diferentes. O lugar mais barato é um buraco com um furinho no teto pra pessoa poder colocar um canudinho e respirar. O canudinho vem de brinde.

Tem o valor intermediário, que é o do abrigo para um casal, de pé, e dá direito a uma máscara de oxigênio.

O valor mais alto é o de um abrigo familiar. Abriga um casal e um filho só. Segundo os pagantes desta modalidade, é para poder conter a explosão demográfica e fazer o povo parar com essa mania de ter mais de um filho.

Dizem que vem com um panfleto alertando que, com essa quantidade toda de gente, a água do planeta vai acabar antes do que se imagina.

Os investigadores da Comissão da Semanada éramos eu, Moreno e Franco. A Pit não pode ser, pois ela é considerada a principal suspeita.

No dia de seu depoimento, teve uma manifestação a seu favor na porta do bar.

Inquirimos minha amiga e chegamos à conclusão de que ela era inocente. Sua iniciativa era totalmente desprovida de interesse, apesar de dizer que, no abrigo dela, a única mulher permitida, além dela, é claro, sou eu. Quer aproveitar o momento e ver se arranja um pretendente. Disse a ela que, diante da situação, era mais fácil ela se casar com um tatu.

Horácio veio testemunhar munido de um *habeas corpus* que lhe permitia ficar calado e não responder a nenhuma pergunta. Franco era seu advogado.

Eu disse que Franco não podia advogar a favor dele, pois era um dos integrantes da comissão.

Franco me chamou de egoísta, pois a única coisa que estava fazendo era acumular funções, já que o que pagávamos a ele no bar era absolutamente irrisório e não dava nem pra ele pagar uma semanada pelo abrigo mais barato.

Horácio não respondeu a nenhuma pergunta e ficava o tempo todo cochichando com Franco. Lá pelas tantas, vimos Horácio passando um dinheiro pra Franco e, logo depois, Franco passando o mesmo dinheiro para o Horácio, que contou o dinheiro, reclamou, e Franco teve que lhe dar mais dinheiro.

Configuramos o flagrante e acusamos Horácio formalmente de ser o mentor da semanada.

Franco levantou e confirmou que era Horácio o culpado. Horácio perguntou a Franco onde ele havia esquecido a lealdade, e Franco respondeu que não devia lealdade nenhuma a ele, pois havia lhe cobrado a mais pela semanada. Horácio disse que havia cobrado juros muito honestamente. Afinal, Franco já havia reservado seu lugar há tempos, e Horácio estava perdendo dinheiro, pois tinha gente querendo pagar muito mais.

Depois de tanta confusão, Pit desistiu de tudo e tampou o buraco no fundo do bar.

Ela me convenceu de que tínhamos que aprender a mergulhar caso as águas chegassem até aqui.

Temos aulas de mergulho duas vezes por semana.

....

Agora a gente vê televisão sentadas no chão, pois temos duas roupas de mergulho sentadas no sofá.

Segunda-feira
26 de setembro
2005

AULAS DE MERGULHO

Amigos,

Belinha já contou pra vocês que estamos tendo aulas de mergulho? Quer dizer, eu estou tendo aulas de mergulho, pois ela não vai nunca. Está sempre resfriada, ou com enxaqueca, ou acabou de fazer as unhas (ainda não entendi a relação das unhas com o mergulho, mas....).

Encontrei o homem da minha vida! Reginaldo é o nome dele, do meu instrutor de mergulho.

Já fico imaginando nós dois juntos vivendo no fundo do oceano, numa espécie de Atlântida, a Cidade Perdida.

Iríamos adquirir capacidade para respirar no fundo do mar e aos poucos nos transmutaríamos, virando sereia e sereio. (Será que é esse o nome do marido da sereia?)

Teríamos um casal de filhos: Ariel e Eric. Lutaríamos contra as maldades da terrível bruxa Úrsula e viveríamos felizes para sempre!

Epa, viajei!

Estou tão obcecada para formar uma família que estou topando até virar peixe!

Bom, de qualquer maneira, foi o primeiro beijo submarino que dei em alguém.

Foi lindo, até a página 10... Foi assim:

A gente mergulhou. Ele colocou umas pedrinhas fofas no meu cinto de mergulho, que era para ter certeza de que eu não ia fugir dele e voltar pra superfície.

Nos demos as mãos e fomos nadando. Vimos estrelas-do-mar, peixinhos coloridos, corais, tartarugas e algas, muitas algas, que balançavam lindamente ao sabor da água.

De repente, epa! Senti que alguma coisa estava prendendo minhas pernas. Tentei soltar e não consegui. Não quis olhar, pois poderia ser um tubarão devorando as minhas panturrilhas saradas e chegando às minhas coxas muitíssimo bem torneadas.

Entrei em pânico. Reginaldo fez sinal para que me acalmasse.

Ele sacou uma faca do cinto e veio em minha direção. Pensei: "Não! Ele vai matar o tubarão e vai sair sangue, muito sangue, e todos os tubarões do oceano virão nos devorar!".

Pensei também que não poderia morrer no fundo do mar sem dar um beijo naquele homem maravilhoso. Ia virar fantasma e voltar à Terra buscando por ele, até o dia em que conseguisse beijá-lo, pois estaria em dívida com a vida terrena por não ter completado o que vim fazer aqui.

Agarrei o braço de Reginaldo, trouxe-o para perto de mim e tentei beijá-lo.

Tentei, pois, com aquela máscara e aquele tubo, ficava difícil.

Reginaldo rapidamente cortou a alga que se enrolava na minha perna e subimos imediatamente.

Ao chegarmos à superfície, tiramos a máscara e o tubo, olhamos fixamente um para o outro, e eu disse:

"Reginaldo, meu amor, você salvou minha vida".

Afundei Reginaldo e nos beijamos embaixo d'água. As bolhinhas de ar saíam felizes, como que celebrando aquele momento...

Engoli tanta água que engasguei feio. Perdi o ar e senti o sangue subindo para minha cabeça. Reginaldo ficou apavorado e me levou de volta para a superfície. Não conseguia respirar, e Reginaldo veio querendo me dar outro beijo. Consegui dar um safanão nele.

Qual é? A pessoa está afogada e o outro nem percebe? Fica querendo dar beijo numa hora dessas? Queria me matar sufocada?

Tudo bem que meus beijos são famosos. Modéstia à parte, beijo bem pra caramba, mas que falta de sensibilidade! Não sabe reconhecer um momento difícil?

Reginaldo foi embora cabisbaixo, enquanto as outras pessoas tentavam me ajudar. De repente, ficou tudo preto. Desmaiei.

....

Agora estou em casa e ótima.

Soube que desmaiei e um cara que sabia das coisas fez respiração boca a boca em mim, tirando uma enorme quantidade de água do meu pulmão.

Custava o Reginaldo ter tentado a mesma coisa pra me salvar? Tudo parecia tão promissor... Mas não, em vez de me ajudar, queria logo outro beijo.

Egoísta!

**Terça-feira
04 de outubro
2005**

MUQUEMUCA E CO.

Queridos e queridas,

Estou fazendo um trabalho seriíssimo para acabar com a minha obsessão pelo casamento.

Entrei num grupo chamado MUQUEMUCA E CO. (Mulheres Que Querem Muito Casar e Não Conseguem).

Vocês não podem imaginar a quantidade de mulheres que vão lá! Tem uma lista de espera imensa, mas o Horácio é amigo do faxineiro de lá, que deu um jeito de colocar minha ficha na frente das outras. Ele e Horácio podem tomar chope de graça no bar durante um mês. A Belinha quer que eu pague! Diz que envolvo negócios com problemas pessoais. Mas eu sou assim: uma mulher inteira, que envolve a tudo e a todos.

Trabalhamos o nosso lado afetivo e procuramos solucionar nossas carências. Fazemos vários exercícios. Teve um momento em que tínhamos que passar a semana inteira abraçadas com um objeto qualquer que nos transmitisse segurança.

Entre as coisas que me trazem mais segurança está o meu batom. Passei uma semana abraçada a ele. Dormimos juntos, tomamos banho juntos, comemos juntos, enfim, não nos separamos.

Na sessão da semana seguinte, tivemos que entregar nossos objetos para a coordenadora. Não podia pensar em me separar dele. Tentei fugir, mas entalei na porta com mais duas que pensaram a mesma coisa que eu. Uma estava agarrada a um urso de pelúcia quase do tamanho dela, e a outra, a um boneco inflável.

Elas olharam pra mim e pro meu batom com um terrível desprezo.

Fomos pegas e tivemos que voltar e entregar nossos objetos tão amados.

Deprimi. Nenhum outro batom me consolava. Eu só queria aquele batom vermelho nº 43.

A coordenadora nos disse que aquele exercício tinha como objetivo lidar com as nossas perdas. Tínhamos que aprender a viver sós, a conviver com nossos eus, a amar verdadeiramente nossas pessoas, e só então estaríamos prontas para o outro.

Achei aquilo uma tremenda baboseira. Presta atenção! Eu já tenho que conviver comigo mesma há... não importa o tempo. Já estou cansada da minha companhia!

Eu durmo comigo mesma, troco idéias comigo mesma, brigo comigo mesma.

Estou ficando cheia de mim mesma.

Só o que quero é ter alguém que me queira muito para:

- Dormir comigo.
- Trocar idéias comigo.
- Brigar comigo (não agüento mais brigar comigo mesma, com a Belinha e com os três patetas).
- Tomar banho comigo e reclamar porque acabei com o xampu.

• Disputar o banheiro comigo.

• Brigar pelo lado da cama comigo.

• Roncar do meu lado.

• Puxar o cobertor numa noite de muito frio.

• Deixar as cuecas largadas pela casa.

• Brigar comigo porque estourei o cartão de crédito.

• Reclamar comigo porque só falo que a máquina de lavar quebrou, que o dinheiro não está dando, etc., etc.

• Bater na cama e dormir porque está muito cansado.

Indignada, levantei e falei bem alto, pra todo mundo ouvir:

"É crime querer tudo isso? É vergonhoso querer ter uma verdadeira relação com o homem que você ama? Isso é o casamento, e se isso é o casamento, é isso que eu quero. Posso?".

Peguei minha bolsa, arranquei meu batom das mãos dela e bati em retirada.

Ainda deu tempo de ouvi-la dizer:

"Sim, é verdade. Existem casos irrecuperáveis, mas vocês são fortes e vão vencer!".

Quando cheguei à rua, trombei com um homem maravilhoso. Meu batom caiu no chão. Nós dois nos abaixamos para pegá-lo. Ele olhou pra mim, eu olhei pra ele e...

Eu e Rogério estamos nos descobrindo, e alguma coisa me diz que ele é o homem com quem vou formar uma família!

Beijinhos, Pit.

Terça-feira
04 de outubro
2005

MADRASTA, EU?

Amados e amadas,

Algo de muito sinistro me aconteceu.

Saí com uma amiga que não via há muito tempo. Fomos beber, comer e relembrar os velhos tempos.

Já estava mais pra lá do que pra cá quando chegou Pedro, um amigo de infância que também não via desde que tínhamos 12 anos.

Nada como o tempo. Pedro usava óculos – quer dizer, óculos é uma delicadeza: ele usava um terrível fundo de garrafa, pois tinha 8 graus de miopia. Era magro, muito magro, e o rosto era coberto de espinhas.

Graças aos avanços da tecnologia e da medicina, Pedro fez operação na vista, tratamento para acne e malhou, malhou muito. Estava mais do que um espetáculo!

Não me lembro de muita coisa depois que ele chegou. Só me lembro de acordar num quarto desconhecido.

Acordei e não tinha a menor idéia de onde estava. Era um quarto imenso, com uma cama dourada, lençóis de seda, e, assim que sentei na cama, uma espécie de mordomo chegou, empurrando um carrinho com um café da manhã das Arábias!

Pensei:

"Bebi demais, fui seqüestrada e enviada pra algum lugar como escrava branca de um milionário excêntrico. Será que estou em Madagascar?".

O mordomo se foi, tão silencioso quanto entrou. De repente, Pedro entrou no quarto enrolado numa toalha, com a água escorrendo pelo corpo.

Pensei:

"Ainda estou sob o efeito do álcool. O que quer dizer tudo isso?".

Pedro falou:

"Bom dia, meu bem. Dormiu bem?".

Fiquei atônita. Como assim, dormiu bem? Será que dormi com... Pedro?

Fiquei uma fúria! Será que dormi com esse deus e não me lembro de nada?

Pedro ainda me disse:

"Agora que somos marido e mulher, tudo que é meu será seu também".

Marido e mulher?

Olhei para a minha mão esquerda e vi um tremendo anel. Olhei para a mão dele e vi um anel igual ao meu.

Gelei e pensei: "Casei?".

Pedro me levou pela mão até a janela e me mostrou seus domínios. Terras e mais terras e mais terras.

Fiquei zonza.

"Casei com um milionário!", pensei.

Naquele momento, todas as minhas certezas contra o casamento foram por água abaixo, e eu só pensava no aumento do limite do meu cartão de crédito.

De repente, surgiram, embaixo da janela, cinco crianças de idades variadas entre 1 e 8 anos, gritando "papai!".

Pedro me disse que queria me apresentar aos filhos. Ele tinha certeza de que eu seria uma ótima madrasta!

Ótima madrasta? Parece que, na noite anterior, combinamos que tudo o que era de um seria de outro, inclusive o bar, o Franco, o Horácio, o Moreno e os cinco filhos!!!!

O pânico se abateu sobre mim.

Fugi e contratei um advogado para cuidar da anulação do casamento.

Parece que não vai ser tão simples assim.

....

Estou de cama, deprimida. Não posso mais beber que me caso!

Pedro é o máximo, mas casamento pra mim já é um transtorno, ainda mais com cinco filhos...

Pit não pára de me azucrinar. Diz que quer o telefone do Pedro, pra cuidar da dor-de-cotovelo dele e dizer que ela topa os cinco filhos.

Beijos, Belinha.

Quinta-feira
06 de outubro
2005

MULHERES EM CHAMAS

Amados,

Como todos sabem, tenho muitos conhecidos nas altas rodas.

Maria das Graças, uma *marchande* conhecidíssima – vocês devem vê-la sempre nas colunas –, é uma dessas conhecidas.

Encontramo-nos casualmente no cabeleireiro e, conversa vai, conversa vem, resolvemos que me associaria a ela e tentaria vender *Mulheres em chamas*, uma tela do famosíssimo pintor abstrato Ivan Carlos.

Entrei em casa com o quadro e encontrei Pit sentada no sofá, com uma touca térmica na cabeça e se balançando ao som de uma música altíssima!

Beijos, Belinha.

Quinta-feira
06 de outubro
2005

QUALQUER UM ENGANA A BELINHA!

Amigos,

Estava em casa, experimentando uma tinta nova para os cabelos que havia acabado de ser lançada no mercado. Sugeriram-me uma cor nova chamada Fogo Eterno, pois me garantiram que meus cabelos ficariam com uma maravilhosa coloração avermelhada, o que me transformaria numa mulher *caliente* aos olhos masculinos.

Enquanto esperava a tinta fixar, escutava "Estúpido Cupido", que era pra ver se algum Cupido lembrava de mim.

Nesse meio tempo, Belinha chegou, carregando um quadro enorme cheio de manchas coloridas e querendo me convencer de que era o quadro de um pintor famosíssimo e que custava uma fortuna!

Disse a ela que a tal da Maria das Graças tinha feito uma pegadinha com ela e que estava na cara que aquele quadro estava inacabado. Era só prestar atenção e ver que as pinceladas paravam no meio do caminho.

Ou o tal do Ivan estava muito grogue e não conseguia terminar um traço, ou tinha acabado a tinta!

Mulheres em chamas é o nome da "obra".

Não tem uma só mulher, quanto mais chamas!

É incrível como qualquer um engana a Belinha!

Beijos, Pit.

Sexta-feira
07 de outubro
2005

PIT É UM OGRO

Amados,

Lidar com a ignorância é o meu destino!

Tentei mostrar para a Pit onde estavam as mulheres. Mostrei os braços, o tronco e os membros, e, em lugar de cabelos, elas tinham chamas saindo da cabeça!

Impressionante a capacidade desse homem para entender as mulheres! Que sensibilidade!

Pit não sabe reconhecer o valor de uma obra de arte. Para compreender uma obra abstrata, é preciso ter sensibilidade, e a sensibilidade da Pit é a de um ogro! Enquanto discutíamos o valor daquele quadro, comecei a sentir um cheiro de queimado.

Olhei pra Pit e dei um grito. Estava saindo fumaça da cabeça dela!

Tadinha! Esforçou-se tanto para entender a arte abstrata que queimou os últimos neurônios que restavam!

Beijocas, Belinha.

Sexta-feira
07 de outubro
2005

FIQUEI IGUAL A UMA MEDUSA!!!

Amigos,

Fiquei desesperada e arranquei a touca da minha cabeça.

Eu é que era uma mulher em chamas!

Eu e Belinha pegamos panos, cobertores, toalhas e batíamos na minha cabeça para acabar com as faíscas.

É claro que fiquei com uma terrível dor de cabeça!

Apavorada, fechei os olhos e fui pra frente do espelho. Não tinha coragem de olhar para o meu reflexo, mas, como sou uma mulher corajosa, abri os olhos e...

Ahhhhhhhhhhhhhhhh!!

Meus maravilhosos, lisos, macios e volumosos cabelos estavam destruídos!

A coloração era assim uma espécie de *degradé* do vermelho-sangue até o rosa-desmaiado. As pontas estavam todas queimadas, e os fios, todos arrepiados.

Fiquei parecendo uma espécie de medusa. Os cabelos todos em pé, como se eu tivesse levado um terrível choque ou um susto devastador.

Desesperada, peguei o tubo de tinta assassina de cabelos e o lancei longe!

Ele foi parar na preciosa tela da Belinha e acrescentou uma enorme mancha bem no meio do quadro!

Um beijo, Pit.

Sábado
08 de outubro
2005

VAMOS À EXPOSIÇÃO DO RESTAURADOR

Amados,

Não conseguia acreditar no que estava vendo. A Pit arremessou a porcaria da tinta de cabelo na preciosa obra de Ivan, fazendo uma enorme mancha!

Pit me chamou de egoísta, porque, em vez de me preocupar com o assassinato do cabelo de minha melhor amiga, ficava preocupada com uma tela que, segundo ela, já havia chegado toda borrada.

E agora? O que eu ia dizer para Maria das Graças? Como explicar aquela mancha no meio da tela?

Queria arrancar tufos do cabelo de Pit, assim, além de cabelos manchados e queimados, ela também teria buracos imensos por todo o couro cabeludo!

Mas a situação era muito grave, e eu não podia perder tempo com isso. Tinha que achar uma solução.

Pensei, pensei, pensei e achei uma solução!

Lembrei que naquela noite haveria um *vernissage* na galeria de Maria das Graças. Era a abertura da primeira exposição de um grande restaurador, e era dele que eu precisava! Tinha certeza de que ele haveria de recuperar *Mulheres em chamas*.

Beijocas, Belinha.

Domingo
09 de outubro
2005

MEU CABELO É NORMAL!

Amigos,

Belinha ficou insistindo que eu tinha que ir com ela até a tal galeria, e eu disse que nem morta sairia de casa com aquele cabelo!

Ela tentou me fazer ver o lado bom das coisas, me convencendo de que meu cabelo estava moderníssimo. Que o *degradé* fazia um *composé* com uma obra de arte importantíssima.

Claro que continuei batendo o pé e dizendo que não, mas ela me obrigou!

Nossa! Não é que achei a minha turma? A galera da galeria

tinha cabelos muito mais estranhos do que o meu!

Eu, a Maggie, que tinha cabelos de moicano pintados de verde, a Brigitte, que tinha milhares de trancinhas multicoloridas, e o Bob, que tinha a cabeça toda raspada com um ponto de interrogação atrás, fizemos uma rodinha e dançamos juntos uma música eletrônica maravilhosa!

A Belinha, que é a maior ciumenta que já vi, não agüentou me ver com amigos novos e me arrancou da rodinha.

Beijos, Pit.

Domingo
09 de outubro
2005

EU FUI RESTAURADA!

Amados,

Consegui achar o tal do restaurador. Sabe que ele amou a mancha no meio da tela? Disse que dava um encanto especial e comprou *Mulheres em chamas* ali mesmo, no ato! E ainda por cima me convidou para jantar.

Saímos para jantar e passamos a noite juntos, e ele me transformou numa "mulher em chamas"!

Beijocas, Belinha.

Domingo
09 de outubro
2005

TORÇAM POR MIM!

Amigos,

Belinha sumiu com o restaurador, e eu passei a noite com meus novos amigos. Amanhã, vamos a um concurso de penteados. Eles acham que tenho chance!

Beijinhos, Pit.

Quinta-feira
13 de outubro
2005

NINGUÉM MERECE!

Amados,

Eu e Pit fomos passar alguns dias na casa de campo de uma amiga.

Tenho que confessar que campo não é bem o lugar em que eu me sinto mais à vontade, mas fui assim mesmo.

Achei que não devíamos ir com o fusca de Pit. A estrada é íngreme, de terra e toda cheia de buracos, mas Pit disse que não existem empecilhos para o fusca dela. Daí, fomos assim mesmo.

Claro que quando chegamos ao meio do caminho caiu uma tempestade! E é claro que o fusca da Pit não só não conseguia subir o ladeirão, como também atolou!

Como não tinha uma alma viva por perto, tivemos que sair do carro pra tentar desatolar o fusca.

A escova que havia feito no meu cabelo desabou. Fiquei

parecendo um pinto molhado, e meu sapato caríssimo ficou coberto de lama.

Quase atolei a Pit também!

Beijocas, Belinha.

Sexta-feira
14 de outubro
2005

MEU HERÓI!

Queridos,

Não sei em que planeta a Belinha vive!

Acreditam que ela ficou três horas no cabeleireiro se arrumando para passar um final de semana no campo?

Fez hidratação, massagem capilar, luzes e escova no cabelo. Fez as mãos, os pés (à francesinha!!!) e ainda depilou tudo o que podia. Devia ter depilado a cabeça também, pois assim não teria me atormentado quando meu amado fusquinha foi tragado pelo lamaçal que tinha naquela maldita ladeira que dá pra casa onde Maria José se esconde, acabando com a escova dela!

Ainda ficou me xingando porque o *scarpin* novo ficou todo cheio de lama! Quem manda ir pro campo de *scarpin*?

Como não tinha ninguém por perto, tentamos, em vão, desatolar o carro. Já estávamos nos conformando em passar o final de semana dentro do fusca quando apareceu um cavaleiro maravilhoso, montado num cavalo forte, preto, brilhante... Gente, se usasse uma máscara eu juraria que era o Antonio Banderas em seus trajes de Zorro!

Ele perguntou se precisávamos de ajuda, e eu me senti uma heroína de bangue-bangue sendo salva por seu herói!

Beijinhos, Pit.

Sexta-feira
14 de outubro
2005

A PIT SUMIU COM O CAUBÓI!

Amados,

Como é que alguém, vendo duas mulheres encharcadas e sujas de lama no meio de uma pirambeira, tentando desatolar a porcaria de um fusquinha, pergunta se a gente precisa de alguma coisa?

A Pit ficou uma fera comigo, mas respondi logo que não, que a gente gostava de viver perigosamente.

O tal do caubói, que deve ter se perdido a caminho da cidade cenográfica da novela *Bang Bang*, amarrou uma corda no pára-choque e puxou o fusquinha.

Não é que deu certo?

Entrei no carro enfurecida com aquela situação. Várias ex-amigas grã-finas também estariam lá, e eu totalmente descomposta!

De repente percebi que a Pit estava demorando muito. Olhei pra fora e cadê os dois? Tinham sumido.

Era só o que me faltava!

Beijocas, Belinha.

Sexta-feira
14 de outubro
2005

PEGUEI CARONA COM UM PRÍNCIPE ENCANTADO!

Queridos,

Fiquei apaixonada na hora!

Que homem era aquele?

Ele me ofereceu carona em seu cavalo e, sem pensar duas vezes, aceitei e fomos embora!

É claro que esqueci a Belinha, mas tinha certeza de que ela ia compreender. Afinal, o que não se faz por amor?

Beijinhos, Pit.

Sábado
15 de outubro
2005

ESTOU NUM CONTO DE FADAS!

Queridos,

Eu e meu caubói seguimos galopando pela relva. Num determinado momento, ele parou e perguntou se podia colocar uma venda em meus olhos, pois queria me fazer uma surpresa!

Deixei, é claro. Adoro surpresas!

Cavalgamos mais um pouco, paramos, e percebi que ele estava me conduzindo para o interior de uma casa.

Tirou a venda e... Que casinha mais gostosa! Tentei olhar pela janela, mas estava tudo fechado. Ele disse que era por conta da tempestade e que mais tarde me mostraria sua fazenda.

Acendeu a lareira, me deu roupas limpas e secas e sentou-se

ao meu lado no sofá.

Tudo ali era tão limpinho, tão rigorosamente no lugar, que até estranhei. Será que ele era casado e que a mulher estava viajando com as crianças?

Ele me garantiu que não, e, como no amor é preciso confiança, confiei e me entreguei aos seus beijos...

Muitos beijos, Pit.

**Sábado
15 de outubro
2005**

NÃO AGÜENTO MAIS TANTO BICHO!

Amados,

Quase enlouqueci de ódio quando me dei conta de que Pit e aquele projeto mal-acabado de caubói haviam me deixado sozinha no meio da ribanceira. Não tive outra alternativa a não ser dirigir aquele carro de brinquedo.

Chegando lá fui imediatamente atacada por Juca, o cão de guarda, um cão afável e carente que não pode ver um estranho que se abraça com ele, feliz.

No que Juca se jogou em cima de mim, eu gritei. Gritei muito! O susto foi tão grande que minha bolsa voou longe.

Maria José (a dona da casa), Eneida, Madalena, Maria do Socorro e Edwiges (as ex- amigas) vieram correndo ver o que tinha acontecido. Quando me viram naquela situação, custaram a prender o riso. Maria José segurou o cachorro e perguntou se eu não achava Juca um fofo!

Concordei com um sorriso amarelo e fui pro meio das moitas procurar minha bolsa, que já tinha um novo dono. Um lagarto tinha a bolsa pendurada no rabo e me olhava estranhamente.

Meio apavorada, gentilmente pedi licença ao lagarto e

peguei minha bolsa. Simpático, o bicho. Me deixou pegar a bolsa tranqüilamente.

Entramos na casa, e Maria José me levou ao meu quarto. Disse que ficasse à vontade pra tomar um banho ou descansar.

Resolvi tomar um banho. De repente, comecei a me coçar feito uma louca. Desesperada, tirei a roupa, achando que algum bicho tinha se alojado confortavelmente dentro das minhas calças e camisa, quando percebi que estava coberta de carrapatos.

Gritei. Gritei muito!!!

Beijos, Belinha.

Sábado
15 de outubro
2005

MEU MUNDO CAIU!

Amados,

É claro que, com aquele grito, Maria José entrou correndo no meu quarto com o caseiro. Quando me viu em trajes sumários, o caseiro levou um susto, deu meia-volta e saiu correndo.

Maria José estava branca como um fantasma, tamanho o susto que levou, e ficou horas tirando os carrapatos de meu corpo, enquanto as ex-amigas riam e cochichavam atrás da porta do quarto.

Eu estava toda mordida. Passamos uma pomada antialérgica, e achei que carrapatos poderiam ser utilizados como instrumentos de tortura.

Jantamos e fomos dormir, quer dizer, elas foram dormir, porque eu não conseguia parar de me coçar e de amaldiçoar a Pit, que tinha me largado sozinha com todos aqueles animais selvagens: os lagartos, os carrapatos, o cão e as ex-amigas!

Finalmente, estava pegando no sono quando ouvi uns barulhos no teto do quarto.

Fiquei preocupada, pois a casa era muito, muito antiga, e sabe-se lá o que poderia estar em cima do telhado...

Dito e feito. O telhado desabou, e um casal de gambás caiu bem em cima de mim!

Beijocas, Belinha.

Sábado
15 de outubro
2005

QUE BANGUE-BANGUE NADA! ESTOU NUM FILME DE CAUBÓI!

Queridos,

Enquanto estávamos nos beijando, senti um cheiro de queimado e, quando vi, as chamas da lareira lambiam todas as paredes, móveis, lambris, tudo!

Apavorada, perguntei ao caubói o que estava acontecendo!

Ele, mais apavorado do que eu, disse que não sabia e tratou de sair correndo, me deixando só no meio do incêndio.

Rezei muito! Imaginei que aqueles eram meus últimos momentos na terra e achei péssimo ter um final assim.

Ser abandonada pelo herói e morrer queimada? E nem uma pequena bruxaria tinha cometido! Quem manda se meter com qualquer um? É isso que dá!

Me encolhi num canto e pensei nos meus amigos queridos: Belinha, Franco, Horácio, Moreno, meu fusquinha...

De repente, ouvi vozes. Achei estranho. Será que o céu era tão barulhento assim?

O barulho aumentava, e percebi que as paredes desmoronavam. As vozes chegavam mais perto, mais perto, e pensei: "São os anjos vindo me buscar!".

Ouvi uns palavrões, umas blasfêmias, e pensei que haviam me enviado uns anjos muito mal-educados. Resolvi abrir os olhos.

Caraca! Como tem caubói no céu!

Vários caubóis vieram me buscar, enquanto outros tentavam apagar o fogo. Um bonitinho me pegou no colo e me tirou dali.

Qual não foi minha surpresa quando vi que aquela casinha limpinha e bonitinha que agora ardia no meio do fogo era nada mais nada menos que o cenário de um filme de caubói!

Beijinhos, Pit.

Segunda-feira
17 de outubro
2005

ENFIM, UM POUCO DE DESCANSO...

Amados,

Estou numa clínica de repouso. Meus pobres nervos não agüentaram aqueles gambás.

Maria José está com ódio de mim! Ficou sem caseiros. A mulher do caseiro colocou o marido pra fora a paneladas. Disse que era um sem-vergonha que ficava de olho nas amigas sem roupa da patroa, e em seguida ela mesma pediu demissão. Disse que ia procurar uma patroa com amigas menos sem-vergonha.

Beijocas, Belinha.

Segunda-feira
17 de outubro
2005

AGORA É PRA VALER: ESTOU NO FILME!!!

Adorados!

Arranjei uma figuração no filme!

Sou a índia que varre a casa do vilão da história. Eu entro muda e saio calada, mas é preciso muita concentração. Estou fazendo laboratório com a galera da limpeza para melhorar minha atuação.

Sabe o caubói que me salvou? Ele tá a fim de mim!

Na minha folga vou fazer uma visitinha pra Belinha.

Tadinha! Ela teve um surto nervoso. Dizem que passa a noite delirando e tentando tirar carrapatos (que não existem) do corpo.

Beijinhos, Pit.

Quarta-feira
19 de outubro
2005

FUI VISITAR MINHA PRIMA E COMETI A BURRICE DE LEVAR A PIT COMIGO!

Amados,

Resolvi que estava na hora de resgatar laços familiares e fui visitar minha prima Bernadete, que está em treinamento para enfermeira numa clínica aqui perto.

Não vejo Bernadete desde que éramos adolescentes. Lembro-me bem dos momentos agradáveis que passamos juntas na nossa infância. Brincávamos, brincávamos, brincávamos...

Sem ter o que fazer, Pit resolveu ir junto. Chegamos lá e Bernadete estava atendendo um paciente. Ficamos esperando. Lá pelas tantas, a Pit sumiu, pra variar, e eu resolvi procurar por Bernadete. Liguei no celular dela e ela me disse que subisse ao quarto 302.

Fui até lá e, quando entrei no quarto, a louca estava dando banho num paciente com os dois braços e uma perna engessados. Fiquei sem graça e disse que voltaria mais tarde, mas Bernadete pediu que eu entrasse e desse uma mãozinha a ela, pois a enfermeira a havia deixado sozinha com o paciente, dizendo que já voltava...

Entrei, meio sem graça. Não dava pra ver o rosto do paciente, pois ele estava de costas para mim, mas ele tinha umas costas muito bem-feitas e ombros fortes, com músculos bem delineados.

O paciente estava deitado de lado, e Bernadete, que estava segurando a criatura, disse que precisava ir ao banheiro urgente! Fiquei na dúvida, mas também com pena de Bernadete. Resolvi segurar o paciente, e Bernadete sumiu como uma flecha do quarto, me deixando na maior saia justa segurando as costas daquele homem seminu. Já estava tendo maus pensamentos com o pobre acidentado! Tentei puxar conversa, mas o sujeito estava muito mal-humorado, e achei melhor ficar calada.

De repente, Pit entrou correndo no quarto e trancou a porta! O que eu fiz pra merecer uma amiga tão tresloucada, gente?

Beijocas, Belinha.

Quarta-feira
19 de outubro
2005

VOCÊS ACREDITAM QUE A BELINHA RESOLVEU DESENCALHAR LOGO COM UM DOENTE EM PLENO TRATAMENTO?

Amigos e amigas,

Estava totalmente entediada em casa, quando Belinha me disse que estava indo visitar uma prima numa clínica aqui perto. Achei uma ótima idéia! Clínica tem sempre uns médicos espetaculares, e achei que era uma boa maneira de encontrar um marido.

Enquanto Belinha esperava a prima, resolvi dar umas voltas e ver se encontrava algo interessante. Descobri uma porta com uma placa que dizia: "Área Reservada aos Médicos".

Pensei: "É exatamente o que estava procurando!". Quando estava abrindo a porta, veio uma enfermeira desembestada que partiu na minha frente e entrou como uma louca em outra porta.

Fui até a porta que ela havia aberto e descobri que ali era a sala dos médicos. Entrei e... Nossa! Um médico estava dando uns amassos na enfermeira. Estavam tão dedicados ao assunto que nem perceberam que eu havia entrado.

O telefone do médico tocou, e ele atendeu. Seu rosto foi tomado de uma expressão tal que parecia estar desmanchando! Cochichou qualquer coisa no ouvido da enfermeira, que saiu correndo.

Ficamos só nós dois na sala, e, quando ele olhou pra mim, prontamente me apresentei. "Oi, sou a Pit", falei, e nesse momento uma mulher enfurecida entrou pela sala adentro, olhou pra mim e disse, furiosa: "Ah, então é você que está se engraçando com o meu marido!".

Antes que eu pudesse falar qualquer coisa, ela avançou pra cima de mim, e não me restou outra opção a não ser sair correndo! Subi as escadas voando e entrei no primeiro quarto que encontrei, bati a porta e tranquei.

Fiquei horrorizada quando vi Belinha segurando as costas de um homem meio nu deitado na cama. Ela estava tão desesperada que resolveu atacar um pobre homem enfermo e indefeso? Que golpe baixo!

Agora tenho que ir. Até amanhã, gente!

Beijos, Pit.

Quinta-feira
20 de outubro
2005

MINHA PRIMA ENLOUQUECEU, COITADA...

Amados,

A Pit entrou com uma expressão de quem havia visto um fantasma. Um não, dois! Levei um susto tão grande que até larguei o moço! Ele se virou e desabou na cama de barriga pra cima, coitado...

Eu e Pit ficamos encantadas. Que moço bonito! Ele nos olhava como se nós fôssemos dois fantasmas, e perguntou o que estávamos fazendo ali, pois, até onde podia se lembrar, nunca tinha nos visto antes.

Não tivemos tempo de responder, pois começaram a esmurrar a porta sem parar. Fiquei tão irritada que disse que não tinha ninguém naquele quarto! Reconheci a voz um tanto quanto ofegante de Bernadete. Abri a porta, ela entrou que nem um trator e trancou a porta, dizendo para ninguém abrir nem que dissessem que era o gênio da lâmpada.

Poxa! Eu jamais me negaria a abrir a porta para o gênio! Pelo contrário! Aproveitaria para ele aumentar o limite do meu cartão de crédito!

Novamente começaram a esmurrar a porta, e Bernadete se postou na frente dela, dizendo que só abriríamos a porta passando por cima de seu cadáver! Foi aí que o bonitinho começou a passar mal. Disse que o haviam internado num hospício e que estava com muita dor de cabeça.

Amados, fiquei tão confusa com aquela situação! O que será que está acontecendo com a minha prima?

Beijocas, Belinha.

Quinta-feira
20 de outubro
2005

OBA! MAIS UM BONITÃO NO MEU CAMINHO!

Queridos,

Reconheci imediatamente a tal da enfermeira quando entrou no quarto. Era a Bernadete, a prima fofa da Belinha! Ela agarra o bofe e eu levo a fama sem ter provado nadica de nada do médico bonitão? Como assim?

Tentei acalmar o doente. Ele ficou muito agitado. Sentei ao seu lado e, com voz macia, expliquei que aquilo não era nada, só um casinho à-toa de traição. Garanti que tudo ia se resolver rapidinho, e então nós expulsaríamos aquelas duas loucas do quarto. Assim poderíamos ficar a sós, pra nos conhecermos melhor. Ele não precisava ficar preocupado, pois eu havia feito curso de primeiros socorros quando fui bandeirante aos 12 anos!

Até amanhã, meus queridos!

Beijinhos, Pit.

Sexta-feira
21 de outubro
2005

PIT QUASE É ENFORCADA!

Amados,

Comecei a achar aquela situação muito louca. E se a pessoa que estivesse batendo à porta fosse uma parenta do moço nu? Pedi que Pit desse uma ajeitada nele, pois ia abrir a porta. Pit ficou desapontada! Achava que ele estava muito bem com aquela falta de trajes. Disse que não tinha medo de cadáveres (mentira, mas todos acreditaram!), arranquei Bernadete da frente da porta e a abri.

Uma louca desesperada entrou, olhou para Pit e partiu em sua direção. O paciente, que a essas alturas já sabíamos se chamar Beto, entrou em pânico. Um médico com o jaleco todo sujo de batom entrou também e conseguiu segurar a mulher antes que ela agarrasse Pit pelo pescoço.

Bernadete tentou sair de fininho, mas Pit deu um grito e me mandou segurá-la. Gente! Eu não estava entendendo mais nada! Por isso liguei o piloto automático e fiz o que Pit mandou. Eu segurava Bernadete, o médico segurava a louca, que não parava de se debater, e Beto pedia socorro. Socorro digo eu! Onde fui parar, minha gente?

Beijocas, Belinha.

Sexta-feira
21 de outubro
2005

A PRIMA DA BELINHA FOI DESPEDIDA!

Amigos,

Eu é que não ia deixar aquela enfermeira de meia-tigela sair dali e me deixar na roubada! Até porque eu estava sentindo que rolava um clima entre mim e o Beto, e não podia deixar meu futuro noivo achar que eu era uma mulher qualquer, que fica se agarrando com os médicos por aí. Dei um grito mais alto que os da louca e ela, assustada, se calou.

Bernadete implorava a Belinha que a deixasse ir, pois, se continuasse ali, acabaria sendo despedida, e aquele treinamento era muito importante para ela. Você acredita que a alucinada da Belinha a mandou ficar calada? Ela é a prima mais velha, e o que ela diz é uma ordem!

Bernadete disse a ela que era por isso que a odiava tanto quando era pequena... Porque ela só podia brincar do que Belinha ordenasse! Expliquei para todos o que, de fato, havia acontecido. Descobrimos então que a louca era a dona da clínica, e que o marido, o médico beijoqueiro, era a administrador e havia contratado Bernadete, sua amante há anos!

A dona da clínica despediu Bernadete ali mesmo e saiu carregando o marido pelas orelhas. Bernadete saiu do quarto dizendo que nos odiava, e Belinha, arrasada, saiu atrás dela.

Ah! Já ia me esquecendo do Beto! Eu e ele ficamos a sós! Pena que ele estava tendo uma crise nervosa...

Beijos, Pit.

Sábado
22 de outubro
2005

FOBIA AO CASAMENTO ESTÁ NO DNA

Amados,

Fiquei passada ao descobrir que Bernadete me odiava! Nunca pude imaginar! Pensei que éramos tão felizes quando brincávamos juntas...

Ela me confessou que só brincava comigo porque a mãe a obrigava! Depois me chamou de autoritária, egoísta e déspota, e ainda disse que havia ficado sem o emprego e o amante por minha causa!

Tentei ponderar e dizer que poderia ajudá-la a arrumar um emprego, que poderia colocá-la no bar como ajudante do Franco, e que havia sido muito bom pra ela ter terminado aquele romance com um homem casado. Estava na cara que ele nunca se separaria da mulher pra ficar com ela!

Ela respondeu que não queria que o amante se separasse da mulher. Que ela gostava assim mesmo. Odiava casamentos. Já tinha se casado cinco vezes e nunca mais!

Amados, fobia ao casamento está no DNA da minha família!

Beijocas, Belinha.

Sábado
22 de outubro
2005

PERDI O BETO E GANHEI UM HEMATOMA!

Queridos,

Meu romance com o Beto terminou antes de começar!

Ele estava tão agitado que me pediu pra lhe dar um copo d'água com açúcar. Perguntei onde estava e ele apontou o local. Esqueceu que estava de gesso, não calculou direito e deu uma braçada com gesso e tudo no meu olho!

Fui nocauteada. Acordei meio zonza, com um gelo no olho. A enfermeira-chefe estava cuidando de mim, enquanto uma mulher e duas crianças, sentadas ao lado de Beto, me olhavam assustadas.

Beto nunca me disse que era casado e que tinha dois filhos! O que sobrou do nosso amor que jamais começou foi um big hematoma no meu olho direito. Vou ter que andar de óculos escuros por um bom tempo e procurar por outro homem com quem possa formar uma família!

Será que isso nunca vai ter fim?

Beijinhos, Pit.

Quinta-feira
27 de outubro
2005

O FILHO DA TIA MANDINHA VEIO ME VISITAR!

Amados,

Alguns dias atrás, recebi um telegrama! Vamos combinar que receber um telegrama hoje em dia, na era do *e-mail* e da internet, quando tomamos conhecimento em tempo real de tudo o que acontece no mundo, é no mínimo intrigante.

Minhas experiências com telegramas sempre foram desastrosas, pois eles sempre traziam uma cobrança ou uma ameaça: "Se não pagar a fatura tal, com vencimento no dia tal, do mês tal, do ano passado, seu nome, que já foi pro SPC, Serasa, Banco Central e para todas as siglas sinistras disponíveis no momento, irá para os tribunais!".

Traumatizada com telegramas, deixei-o em cima da minha mesinha-de-cabeceira. Ele olhava pra mim e eu olhava pra ele. Eu olhava pra ele e ele olhava pra mim. E quem disse que eu tinha coragem de abrir? Uma tortura!

Hoje de manhã cedo, fui acordada pelo Moreno, que disse que tinha um primo meu me esperando na sala. Disse pro Moreno que minha família não fazia primos, só primas. Ele disse que era um tal de Firmino, filho de tia Mandinha, lá do interior de Mato Grosso.

Tinha me esquecido de tia Mandinha! Pulei da cama e fui até a sala. Chegando lá, encontrei o primo Firmino muito sem graça, sentado no sofá, com a Pit ao lado, vestindo uma camisola tão curta que mais parecia um *band-aid*! Firmino me perguntou se tinha recebido o telegrama de tia Mandinha avisando da chegada dele...

Beijocas, Belinha.

Quinta-feira
27 de outubro
2005

EU E BELINHA VAMOS SER PRIMAS!

Amigos,

Acho que ouviram as minhas preces! Hoje acordei e dei de cara com um homem maravilhoso sentado no meu sofá. Só faltava estar embrulhado para presente! Também, dessa vez apelei. Fiz uma simpatia que me garantiram que é infalível! E não é que é mesmo?

Vou ensinar pra vocês: é só comprar uma imagem de Santo Antônio e tirar o Menino Jesus do colo do religioso. Daí você tem que jogar duro e dizer pra Santo Antônio que só devolve o Menino Jesus quando ele te arranjar um namorado. Se ele continuar sem te dar bola, é só pegar o santo e virá-lo de cabeça pra baixo!

Gente , eu ainda nem tirei o Menino Jesus do colo dele!

É claro que a Belinha ficou superenciumada. Já chegou à sala furiosa e me mandando trocar de roupa. Ela não agüentou ver aquele homem lindo louco pelas minhas pernas! Muito irritada, ela me disse que ele era Firmino, seu primo. Adorei o nome. Firmino! Não é fofo?

Fiquei logo chateada. Minha melhor amiga, sabendo dos meus problemas, que preciso de um marido com urgência, e nem pra me avisar que tinha um primo disponível?! E que primo!

Mas logo depois desencanei. Afinal, gente, olha que legal: eu e Belinha vamos ser primas! Não é o máximo?

Beijinhos, Pit.

Sexta-feira
28 de outubro
2005

VOU ME INSCREVER NO CAMPEONATO DE SINUCA!

Amados,

Fiquei passada por não ter lido o telegrama. Quando ele me perguntou se não tinha recebido, disse que sim, mas que o gato comeu! Pit ainda me perguntou: "Que gato? Não temos nenhum gato em casa!". Eu, sem saber o que responder, disse que tinha sido o Genival, o filho gatésimo da vizinha.

Pit ainda tentou insistir, mas mudei logo de assunto e perguntei por tia Mandinha e o que ele tinha vindo fazer aqui. Firmino disse que tia Mandinha estava bem. Vai fazer 99 anos daqui a um mês e está começando a sentir um pouquinho de dor nas costas. Já ele veio ao Rio para participar de um concurso de sinuca. Ele é o representante oficial da cidade dele.

Lembramos que jogávamos sinuca juntos quando éramos adolescentes, e era páreo duro. Nós éramos ótimos! Foi aí que resolvi me inscrever no campeonato feminino. Sinuca deve ser que nem bicicleta. Andou uma vez, não esquece jamais!

Beijocas, Belinha.

Sexta-feira
28 de outubro
2005

O FIRMINO DE PIJAMA É TUDO!

Queridos,

Firmino vai passar uns dias por aqui, depois decidiremos

nosso destino. Ele ficou aflito quando soube que não tínhamos quarto de hóspedes, mas eu disse a ele que isso não era problema: ele podia dormir no meu quarto!

Gente, ele é fofo! Me respeita tanto que negou categoricamente. Disse que dormiria no sofá, sem problemas. Acho que ele é do tipo que só depois do casamento...

Ele foi treinar durante a tarde. Amanhã é o grande dia. Estou tão nervosa! Ele chegou, e eu e Belinha estávamos na cama dele, ou seja, no sofá, vendo TV. O bonitinho pegou a mala dele, foi ao banheiro e saiu mais fofo ainda!

Sabe aquele pijama combinando? A blusa azul-marinho com o arremate da gola e das mangas azul-claro e o short ao contrário? O cabelo ainda molhado, penteadinho assim de lado? Gente, e o chinelinho de dormir? Uma pantufa peludinha bege, que é pra combinar com todas as cores do pijama.

Belinha me arrastou para fora do sofá, me levou pro meu quarto, pegou a chave e me trancou lá dentro! Desaforo! Nem pude dar boa-noite pro fofo! Belinha me paga!

Beijinhos, Pit.

Sábado
29 de outubro
2005

VOU ARRASAR NO CAMPEONATO DE SINUCA!

Amados,

Tive que trancar a Pit dentro do quarto para que ela não atacasse meu primo no sofá durante a noite. Cada dia ela fica mais perigosa!

Acordamos e fomos para o clube. Depois de muito procurar, achei meus tacos de sinuca enfiados num cano velho jogado no fundo do quintal. Não me perguntem como foram parar lá!

De posse de meus tacos (meio tortos, é verdade) me senti poderosa! Já podia até me ver com a faixa de campeã! Fiquei confiante. Eu, Pit, Firmino, Franco, Horácio e Moreno entramos no fusquinha da Pit. Pra variar, a Kombi do Horácio estava no estaleiro.

O pobre do fusca se recusava a sair do lugar, mas Pit teve uma conversa muito séria com ele e disse que dessa vez ia colocar óleo novo. E não é que o fusca reconsiderou e resolveu andar? Devagar, é verdade. Afinal, não é mole agüentar esse povo todo!

Gente, como a Pit é pão-dura! Vocês acreditam que ela passou o trajeto todo reclamando do dinheiro que ia ter que gastar trocando o óleo do carro?!

Beijocas, Belinha.

Sábado
29 de outubro
2005

PRECISO AJUDAR MEU CAMPEÃO!

Queridos,

Meu pobre fusca quase não agüentou chegar ao clube de sinuca! Mas teve uma coisa de bom. O Firmino e a Belinha foram na frente, e o fofo ficou no meio. Gente, cada vez que ele encostava em mim, eu me apaixonava mais!

Foi difícil sair do carro. Franco, Moreno e Horácio entalaram no banco de trás e não conseguiam sair de jeito nenhum! Chamamos uns seguranças fortões, que ficavam na porta do clube, e eles deram um jeito nisso.

Eu fui vestida para matar! Entramos, e todos olhavam para nós dois. Claro que me senti a mulher do campeão! Logo de cara, chamaram Firmino e seu adversário, que era assim uma espécie de armário embutido num quarto de pé-direito de uns 3 metros!

Ele chegou bem perto de Firmino, numa de intimidá-lo. Ele era tão grande que Firmino teve que olhar para cima! Coitadinho! Meu futuro marido ficou com torcicolo e não conseguia mais virar o pescoço! Gente, e agora? Como é que ele vai jogar?

Beijinhos, Pit.

**Segunda-feira
31 de outubro
2005**

VAI SER A MAIOR BARBADA!

Amados,

O salão do campeonato feminino de sinuca era separado do salão do campeonato masculino, mas eu podia ver por um enorme vão na parede. Era o adversário de Firmino, praticamente um portão de tão grande!

Finalmente, chegou a hora do meu jogo, e Franco estava ali na condição de meu treinador. Fizemos um aquecimento, depois um alongamento, cantamos um mantra e finalmente eu estava pronta para o que desse e viesse!

Gente, minha adversária, Sara, tinha mais ou menos um metro e quarenta e era tão ou mais magra que Olívia Palito. O taco era maior do que ela! Aliás, ela mais parecia prima do taco!

E não é que o Franco se apaixonou por ela? À primeira vista! Também, Sara foi feita sob medida para ele!

Isso vai ser a maior barbada! Quer dizer, se a Pit , o Moreno e o Horácio deixarem. Vocês acreditam que eles acabaram de entrar no salão todos rasgados e descabelados?! Ai, ai, ai... Tenho que ver o que aconteceu!

Até mais tarde, meus queridos!

Beijos, Belinha.

**Segunda-feira
31 de outubro
2005**

O "ARMÁRIO" NÃO DEIXOU NEM O FIRMINO JOGAR!

Queridos,

O monstro que jogava contra Firmino não jogava nada e percebeu que meu doce amado, mesmo de pescoço torto, era muito melhor. Furioso, o fortão deu um jeito de bater com o taco nos dedos de Firmino! Tadinho do meu fofo! Louco de dor, ele jogou seu taco longe e, aos urros, parou de jogar.

Horácio foi tomar satisfações e levou um empurrão tão forte que grudou na parede. Moreno tentou fugir, mas o tanque o segurou pelas tranças e o jogou longe. Moreno grudou na parede ao lado de Horácio!

Gente, o sangue me subiu à cabeça e me joguei no pescoço de Firmino! Foi a maior confusão! Todos se envolveram na briga, e eu, toda rasgada, consegui sair engatinhando do salão! Fui chamar Belinha, para que saíssemos dali o mais rápido possível!

Beijos, Pit.

**Quarta-feira
02 de novembro
2005**

FIRMINO DESISTIU DA SINUCA POR MINHA CAUSA!

Amados,

Não é que a pequenininha da Sara me arrasou? Não sobrou bola sobre bola, taco sobre taco! Claro que se a Pit, o Moreno, o Franco e o Horácio não tivessem arrumado aquele barraco todo, eu não teria perdido minha concentração e teria dado uma surra nela!

Bom, Firmino foi embora, e tia Mandinha me ligou falando os maiores desaforos do mundo! Disse que não quer me ver nem nas próximas encarnações, que eu tinha maltratado seu filhinho! E, por minha causa e das minhas más companhias, Firmino não só tinha perdido o campeonato, quebrado duas costelas e o dedo mindinho do pé direito, mas também desistira pra sempre da sinuca. Deixou a barba crescer e passa as tardes jogando amarelinha com as crianças da vizinhança. Sabe como ele passa as noites? Gritando Piii... Piii.... Bom, realmente eu fiz uma coisa horrível, mas não tenho coragem de contar...

Até mais tarde, gente!

Belinha.

**Sexta-feira
04 de novembro
2005**

SIMPATIA PARA CONQUISTAR HOMEM!

Queridas,

Esta semana dedicarei meu espaço a todas as mulheres que, como eu, procuram o homem ideal, aquele com quem iremos formar uma família, aquele que vai nos amar para sempre e que fará de tudo para que sejamos eternamente felizes!

Bom, como o mar não tá pra peixe, ficar só esperando não está adiantando muito! Vocês sabiam que, no Brasil, existem mais ou menos dois milhões e meio de mulheres a mais do que homens? Desespero total, gente!

Se você não é do Amapá, de Tocantins, do Espírito Santo ou do Mato Grosso, os estados brasileiros que possuem o maior número de homens, e não quer ir pra nenhum desses lugares, só resta lançar mão de rezas, simpatias, etc. pra encontrar o homem dos seus sonhos!

No meu caso, resolvi apelar primeiro para as simpatias (Santo Antônio furou comigo, deve estar muito ocupado...).

Vou começar com esta:

Para a mulher conquistar o homem de seus sonhos

Pegue um pedaço de papel branco e coloque-o sobre um prato. Desenhe um coração do tamanho do fundo do prato. Depois, recorte o desenho e escreva nas três primeiras linhas o nome do homem desejado. Em outras três linhas, escreva seu próprio nome. Coloque o desenho do coração no fundo do prato, derrame um pouco de mel sobre ele, juntamente com algumas pétalas de rosa branca. Depois, acenda uma vela branca bem no meio do prato, deixando-a queimar totalmente. Quando a vela acabar de queimar, firme o pensamento no homem desejado. Guarde o prato por sete dias. Depois, lave as pétalas e coloque-as dentro de um livro. O prato com o coração deve ser deixado num jardim onde existam espinhos.

Depois eu conto se deu certo ou não!

Beijinhos, Pit!

Sexta-feira
04 de novembro
2005

SIMPATIA PARA AFINAR A CINTURA!

Amados,

Também resolvi apelar para as simpatias e achei algumas para modelar o meu corpo. Vamos combinar que sai muito mais em conta do que fazer lipo! Vou começar com uma bem simples...

Afinar a cintura

Arrume um barbante ou cordão e dê nele o número de nós correspondente aos anos que você tem de idade. Amarre esse cordão numa sexta-feira ao meio-dia e permaneça com ele até a cintura afinar. Quando isso acontecer, tire o cordão e jogue nas águas de um rio, agradecendo aos deuses da beleza.

Como tenho pouca idade, serão poucos os nós que farei...

Beijocas, Belinha!

Sábado
05 de novembro
2005

COMO É DIFÍCIL ARRANJAR ROSAS BRANCAS!

Queridos,

Não foi tão simples assim cumprir todas as etapas da minha simpatia. Pra começar, não conseguia cortar um coração do tamanho do fundo do prato. A Belinha ficou o tempo todo do meu lado, dizendo que eu tinha disfunção motora e rindo de mim. Quando finalmente consegui acertar o tamanho do coração, não tinha mel nem rosas brancas!

Saí pra comprar. Queria um mel bem fresquinho e natural, mas não consegui. Fico com medo de arranjar um marido requentado. Sei lá há quanto tempo este mel está na prateleira do supermercado?

Fui a quase todas as floristas do bairro e nenhuma tinha rosa branca. Finalmente arranjei uma mais pra lá do que pra cá. Espero que o marido não seja mais ou menos como a rosa!

Quando finalmente acendi a vela, quase provoquei um incêndio! Queimei a toalha de mesa preferida da Belinha, a primeira toalha de mesa do primeiro casamento, toda bordada e rendada...

Estou com certo receio. Não sei se essa simpatia foi feita cercada de bons fluidos. E, por falar em simpatia, a Belinha parece uma louca com aqueles trezentos nós amarrados na cintura, gente!!!

Beijinhos, Pit.

Sábado
05 de novembro
2005

QUALQUER SACRIFÍCIO É VÁLIDO POR UMA CINTURINHA FINA!

Amados,

É preciso perseverança. Não foi tão difícil assim dar os nós. Afinal, como já disse antes, tenho poucos nós pra dar. Mas, quando estava na metade, a Pit me fez o favor de quase incendiar a casa!

Simpatia perigosa essa da Pit. Ela já está fazendo qualquer coisa pra arranjar marido, até destruir minha linda toalha de mesa. Quis esganar a Pit! Na confusão de apagar o fogo, perdi a conta dos nós e tive que contar tudo de novo! Ninguém merece!

Não posso dizer que estou me sentindo muito confortável com essa corda amarrada na cintura, mas qualquer sacrifício é válido para ficar com um corpo violão...

Preparem-se para me ver belíssima, com cinturinha de pilão!

Beijocas, Belinha.

Terça-feira
08 de novembro
2005

NUNCA MAIS VOU ACREDITAR EM SIMPATIA!

Amigos,

Não disse que a simpatia que fiz não estava cercada de bons fluidos? De fato, apareceu um homem louco pra formar uma família comigo. Ele tem 16 anos e é filho do dono da peixaria da qual somos freguesas. Tem um leve problema de acne na pele, um ligeiro estrabismo, usa aparelho fixo e móvel e se chama Isnaldo.

Tudo bem que para tudo tem uma solução, mas vamos combinar que não foi exatamente esse o homem que desejei!

Isnaldo vem todos os dias me "cortejar". Me traz flores e recita frases apaixonadas. Tenho tido muitas dores de cabeça, pois, quando olho pro olho estrábico de Isnaldo, num surto de solidariedade, fico imediatamente estrábica também!

Não gostaria de alimentar a admiração de Isnaldo por mim, mas Belinha me proibiu de desencorajar o menino. Disse que, se eu causar um estrago no coração de Isnaldo, seu pai, Isberto, pode tentar nos envenenar com peixe estragado!

Acho que nunca mais vou acreditar em simpatia!

Beijinhos, Pit.

Terça-feira
08 de novembro
2005

VOU FICAR COM UMA BARRIGA MAIS LISA DO QUE A PAREDE!

Amados,

Depois de dias com essa corda cheia de nós amarrada na barriga, comecei a sentir certo desconforto e arranquei fora. Fiquei com um anel de assadura em volta da cintura e não consigo saber se ela afinou ou não, pois, como está infeccionada, está ligeiramente mais larga.

O médico me receitou uma série de remédios e cremes, e Pit ficou rindo de mim, pois disse que só uma pessoa com uma auto-estima muito prejudicada se imporia um autoflagelo desse tipo!

Claro que não dei a menor bola. Afinal, quem é ela pra falar alguma coisa sobre mim? Ela, que está de namoro com o infante Isnaldo?

Mas como não sou mulher de se deixar derrubar por conta de uma derrota boba, resolvi insistir e achei uma simpatia para perder a barriga. Dizem que é infalível! É assim: todo dia, ao acordar, você encosta a barriga na parede e fala bem alto: "Parede, me dá a sua barriga, que lhe dou a minha!".

Para fazer efeito mais rápido, passo metade do dia com a barriga encostada na parede. Aproveito e faço as unhas, leio revistas, faço lista de compras, falo no telefone, etc.

Engraçado, não percebi nenhuma grande diferença, mas tenho a impressão de ter visto um calombinho novo na parede!

Beijocas, Belinha.

Sexta-feira
11 de novembro
2005

MEU COMPUTADOR PEGOU FOGO

Amados,

Sei que eu e Pit estivemos ausentes por algum tempo, mas aconteceu uma tragédia! Nosso computador pegou fogo! Não, não foi um ataque de fúria contra o equipamento só porque ele se recusava a me obedecer. Tenho a impressão de que o computador é que teve um ataque de fúria contra mim e acabou se rebelando!

Não achei muito justo da parte dele. Afinal, o encrenqueiro era ele. Travava o tempo todo, o *mouse* – num claro e evidente sinal de rebeldia – parava de funcionar, e aquela setinha ficava parada sem se mover um milímetro!

Tentei escrever alguns lindos pensamentos (naquele dia estava muito inspirada), e ele apagava tudo. Tentei escrever umas três vezes, até que os pensamentos foram embora e... Bom, dei uns tapas nele, pra ver se ele parava de implicar comigo, mas ele não estava nem aí pra mim, continuava me irritando.

Dei umas voltas em círculo pela sala e, para não chutar o computador, chutei a parede, o que me valeu uma torção no pé. Xinguei um pouquinho também, só não posso repetir porque tenho vergonha.

De repente, ouvi um "plac". Olhei para o computador, e ele soltava fumaça preta por tudo quanto era canto. Disse que agora eu é que não estava nem aí pra ele, que podia soltar as fumacinhas que bem entendesse, mas ele não gostou e começou a cuspir fogo! Parecia um dragão!

Daí eu fiquei com medo. Gritei: "Fogo!!!!". E fugi!

Beijocas, Belinha.

Sexta-feira
11 de novembro
2005

COITADA DA BELINHA!

Amigos,

Belinha não está nada bem! O computador pegou fogo e ela acha que foi porque xingou a pobre máquina!

Foi uma loucura! O computador parecia ter se transformado num terrível dragão, e eu me senti a própria princesa, trancada na torre do castelo e guardada por ele. E que dragão furioso!

Estava no bar quando ouvi a louca gritar "fogo!". Franco e Moreno encheram uns baldes d'água e subiram correndo, enquanto Horácio ficou em pânico porque morre de medo de fogo. Pode? Um homem daquele tamanho, chorando de medo e saindo correndo?!

Quando chegamos lá em cima, Belinha estava trancada dentro do banheiro, gritando como louca, e Franco e Moreno começaram a jogar água no computador, que insistia em queimar... Depois de alguns baldes d'água, o fogo finalmente apagou.

Gente, o computador virou uma massa disforme retorcida, e nosso apartamento estava destruído pela água e pelo incêndio! E o pior: nenhum príncipe veio me salvar!

Beijinhos, Pit.

Sábado
12 de novembro
2005

O CORPO DE BOMBEIROS VEIO NOS SALVAR!

Amados,

Nosso apartamento ficou parecendo uma praça de guerra! Imensas labaredas saíam do computador, enquanto Franco e Moreno corriam pra lá e pra cá, tentando apagar o fogo.

É claro que eles, com medo do fogo, jogavam a água de longe, sem conseguir, na maioria das vezes, alcançar o fogo propriamente dito. Fiquei encharcada de tanta água que caiu em cima de mim, e, o que é pior, tinha acabado de pagar uma escova caríssima e meu cabelo desmanchou inteiro. Que raiva!

De repente, ouvimos uma sirene estridente, e um carro do Corpo de Bombeiros parou bem em frente de casa. Agradeci muito ao santo que teve a ótima idéia de chamá-los!

Beijocas, Belinha.

Sábado
12 de novembro
2005

AGORA SOU EU QUE ESTOU PEGANDO FOGO!

Queridos,

Aquele fogo todo, aquela água toda, tudo isso me deixou muito nervosa. Não sabia o que fazer, e tudo que eu conseguia era orientar os meninos. Não sei se por conta da fumaça negra ou por pura falta de coordenação mental e motora, o fato é que eles não conseguiam acertar um balde d'água sequer no computador!

"Para a esquerda! Não, um pouco mais para a sua direita! Pra frente! Não, pateta, quem está atrás sou eu, e eu não estou pegando fogo!" Na verdade, não estava pegando fogo naquele momento, porque, de repente, olho pela janela e meu príncipe estava lá, numa escada Magirus!

Gente, o que era aquele bombeiro? Moreno, de olhos verdes, forte, com um maravilhoso uniforme disfarçando seus ombros largos, seus braços musculosos e seu abdômen tanquinho! Imediatamente me senti queimando! De paixão, é claro!

Seu nome estava bordado no uniforme: Norberto Azevedo de Menezes. Não é um nome nobre? Muito apropriado para um príncipe!

Beijinhos, Pit.

Domingo
13 de novembro
2005

APAGÃO GERAL!

Amados,

Não bastasse o susto causado pelo fogo, quase enfartei quando vi aquele homem, com uma mangueira enorme, entrando pela janela!

A pressão da água era tão forte que derrubou o que restou do computador e da minha pessoa! Sei que vocês vão me perguntar o que eu estava fazendo na frente do computador, mas na verdade eu não estava na frente do computador, e sim de frente para a janela! Quando vi aquela figura surgindo por detrás da fumaça negra, meu instinto de proteção quis fazer uma barreira. Não podia admitir que mais alguma coisa acontecesse no meu lar! Meu cabelo, que já estava totalmente desmantelado, virou uma coisa indescritível!

Bom, o bombeiro conseguiu apagar o fogo, assim como apagou minha consciência. Fiquei tão assustada com tudo que apaguei! Puf!

Beijocas, Belinha.

Domingo
13 de novembro
2005

QUE BOMBEIRO É ESSE?!!!!

Queridos,

Quando Franco e Moreno viram Belinha estatelada no chão, começaram a jogar em cima dela a água que tinha sobrado nos baldes, no intuito de reanimá-la. Tentei explicar que tinha sido a própria água da mangueira do Norberto que a tinha derrubado, mas eles insistiam que a água era a melhor coisa para acordar alguém. Eles sempre faziam isso com o Horácio!

Outro bombeiro chegou e foi salvar Belinha dos dois, o que me liberou para me dedicar inteiramente ao meu príncipe!

Norberto pegou um cobertor e me embrulhou. Depois me abraçou, e o calor de seu corpo imediatamente me aqueceu. Nossa! Que momento foi aquele? Já podia até imaginar nosso casamento: uma sirene de bombeiro anunciaria a minha chegada, e eu, num maravilhoso vestido vermelho, desfilaria pela nave da igreja. Depois de virarmos marido e mulher, uma escada Magirus nos levaria ao alto para que pudéssemos ser admirados por todos! Teríamos um casal de filhos: Pitinha e Norbertinho (adoro quando os nomes dos filhos são diminutivos dos nomes dos pais!). Ele seria bombeiro como o pai, e ela, maravilhosa e com cabelos sedosos e macios, igualzinha a mim!

Ah!!!! O amor é lindo, não é mesmo?

Beijos com carinho, Pit.

Segunda-feira
14 de novembro
2005

COMPREI UM COMPUTADOR NOVO

Amados,

Acordei com um deus me dando caldo quente na boca. Pensei: "Estou no paraíso".

Mas minha visão foi focando, e o deus era o Franco! Ninguém merece! Fiquei duplamente irritada! Não era um deus, e ainda por cima era o Franco! Bom, minha casa parecia um campo de guerra, e claro que havíamos perdido a batalha...

O causador de tamanho desastre jazia, com partes retorcidas e outras derretidas, no centro da sala. Jamais pude imaginar que um simples computador poderia causar tamanha desgraça!

Também não podia imaginar como estava dependente daquela máquina! Passei a dormir no chão, ao lado dela. Só de pensar que parte da minha vida, das minhas recordações e das minhas reflexões estavam queimadas para sempre, me doía o peito...

Como recuperar tudo aquilo que escrevi para vocês? E meus pensamentos, que estava guardando para um dia fazer com que a humanidade tomasse conhecimento deles?

Até que o Horácio, que desde o incêndio havia ficado trancado dentro da Kombi, me revelou que havia o tal *backup*! Amei!!

Comprei um computador novo, que vou pagar em 37 suaves prestações, assim como um extintor de incêndio que mora ao lado dele. Já me ensinaram um sem-número de vezes como gravar o que escrevo num CD, mas, depois do incêndio, ninguém vai me convencer a usar um programa de gravação chamado "Nero"!!!

Beijocas, Belinha.

Segunda-feira
14 de novembro
2005

POR QUE OS HOMENS FOGEM DE MIM?

Amigos,

Norberto me abandonou! Foi salvar outra donzela e se apaixonou! Como os homens são volúveis...

Tento ser mulher de um homem só, mas como é que vou conseguir, se toda vez que me apaixono a criatura se vai por uma razão ou por outra? Não consigo entender como uma mulher magra, sarada e com cabelos fantásticos como os meus ainda não conseguiu formar uma família! Tenho pensado muito sobre isso e tenho muitas dúvidas...

1. Serei eu uma mulher tão forte e decidida que os homens têm medo de mim?
2. Será que minha beleza e sensualidade são demais para eles?
3. Será que ser dona de bar e independente afasta os homens?

Ou...

1. Será que eles me olham como uma mulher para se divertir e nunca para ser esposa?
2. Será que minhas saias são muito curtas?
3. Será que me entrego rápido demais?

Gente, qual dessas mulheres sou eu? Alguém pode me dizer?

Beijinhos, Pit.

Sexta-feira
18 de novembro
2005

REENCONTREI MEU NAMORADO DO PRIMÁRIO!

Amados,

Hoje tenho um encontro com um ex-namorado de infância, o Janu. O nome dele é Januário. Vocês podem imaginar um bebê chamado Januário? Claro que não! Só a mãe dos Januários...

Eu e Janu namoramos no primeiro ano primário. Janu era um fofo! Tinha as bochechas mais gostosas do colégio! Apertava tanto as bochechas dele que um dia exagerei e deixei uma mancha roxa de cada lado!

A mãe dele foi ao colégio reclamar. A minha mãe me deixou de castigo um dia inteiro, de pé, olhando para as paredes. Tenho certeza de que a única variz que tenho é conseqüência desse dia!

Reencontramo-nos num engarrafamento dentro do túnel que foi fechado por conta de um tiroteio. Fiquei muito aborrecida! Estava dentro de um táxi que não tinha nem ar-condicionado, nem rádio! O motorista resolveu puxar papo, e o papo ficou tão bom, e o túnel continuou tão fechado, que resolvi passar para o banco da frente.

Reconheci de cara aquelas bochechas! Olhei pra ele e perguntei: "Janu?". Ele olhou impressionado pra mim e respondeu: "Sim! Mas eu te conheço?". Imediatamente apertei suas bochechas e ele perguntou: "Belinha?". Gente, ele lembrou de mim!

Beijocas, Belinha!

Sexta-feira
18 de novembro
2005

O PORTUGUÊS É TÃO DIFERENTE DO BRASILEIRO!

Queridos,

Estou amando! Amando Manuel! Manuel é um português maravilhoso que conheci na padaria. Olhei pra ele, ele olhou pra mim e...Vocês já conhecem aquela história de amor à primeira vista, né? Na minha idade, então, que não dá mais para perder tempo, tem que ser assim: pá, pum! Estou tendo que me adaptar a Manuel. Não estou acostumada com produtos importados, minhas experiências têm sido 100% nacionais!

Na primeira vez que saímos, ele veio me buscar. Entrei no carro, e ele me perguntou se tinha gostado da "carocha" dele! Pensei ter ouvido "cabrocha" e fiquei na maior dúvida se "cabrocha" seria eu ou uma sirigaita qualquer. Emburrei na hora!

Fomos a um restaurante e, depois do jantar, ele pediu ao garçom um garoto mais pra escuro. Gelei! Como assim? Eu, maravilhosa, e ele pedindo um garoto? Fala sério!

Fiquei mal, mas piorei muito quando ele disse que no dia seguinte ia pegar uma bicha enorme no banco! Que espécie de homem é esse que, tendo uma mulher com esses cabelos macios e sedosos, vai procurar uma bicha grande, e o que é pior, num banco? À luz do dia? Não tem um lugar mais discreto?

Arrasada, levantei, joguei o guardanapo em cima da mesa e disse: "Manuel! Você me enganou! Estou muito, mas muito magoada mesmo! Não esperava isso de um português sarado e gostoso como você!". Saí balançando meus cabelos cuidadosamente hidratados (custou uma fortuna!) e deixei Manuel com os olhos arregalados.

Mais tarde descobri que em Portugal algumas palavras são diferentes das nossas...

Carocha: fusca.
Garoto escuro: café com leite com bastante café.
Bicha: fila.
Voltei correndo para os braços de Manuel!
Beijinhos, Pit.

**Terça-feira
22 de novembro
2005**

ME SENTI DE NOVO NA ADOLESCÊNCIA...

Amados,

Nosso reencontro foi, digamos assim, avassalador! Quando nos demos conta, o engarrafamento havia terminado e, como ninguém conseguia nos ver dentro do carro, estávamos sendo rebocados! Fiquei tão envergonhada...

Marcamos um encontro à noite para colocar a vida em dia, já que no túnel havíamos colocado outras *cositas* em dia... Combinamos de nos encontrar no local onde ele fazia ponto. Quando cheguei lá, percebi um zunzunzum, e todos os motoristas vieram me ver. Senti um pouquinho de vaidade – afinal, eu era o centro das atenções– e também desconfiança. Por que será que todo mundo queria me ver?

Entrei no carro de Janu. Ele me levou até um quiosque da beira da praia, comprou umas bebidas e uns sacos de batata frita e parou num mirante. Pensei: "O que eu, Isabelle y Silva, estou fazendo num mirante, tomando refrigerante na lata e comendo um saco de batatas fritas?".

Beijocas, Belinha.

Terça-feira
22 de novembro
2005

ESTAMOS COM UM PÉ NO ALTAR!

Amigos,

Manuel é um fofo! Como pude duvidar dele? Belinha chegou furiosa em casa! Disse que só naquela noite havia engordado dois quilos, de tanto refrigerante e batata frita! E ela ainda teve que ouvir o jogo do Flamengo x Vasco pelo rádio! Combinamos que íamos sair juntas. Eu e Manuel, ela e Janu.

Acho lindo isso! Adoro quando eu e Belinha saímos juntas com nossos namorados. Bem que nós poderíamos casar juntas! Nós duas entrando na igreja, e Manuel e Janu nos esperando no altar...

Chegaríamos numa limusine branca e teríamos uma fila de daminhas de honra. Não seria lindo? Acho que vou fazer esta proposta quando sairmos...

Beijinhos, Pit.

Quarta-feira
23 de novembro
2005

ESSES HOMENS, QUANDO SE JUNTAM...

Amados,

Saímos juntos, eu e Janu, Pit e Manuel. Foi um desastre! Os dois se deram superbem. Beberam muito, discutiram futebol e fizeram um duelo de piadas sobre portugueses e brasileiros!

Eu e Pit estávamos quase cochilando, pois vamos combinar

que não temos tanto assunto assim uma com a outra, né? Moramos juntas, trabalhamos juntas, saímos juntas...Tem um momento em que, por mais que a gente tente, não há assunto que renda!

Já que não tínhamos nada o que fazer, resolvemos ir ao banheiro juntas. Quando estávamos no meio do caminho, um garçom veio e entregou um torpedo pra mim e outro pra Pit. Entramos no banheiro e lemos os torpedos. Não acreditamos quando lemos!

Beijocas, Belinha.

Quarta-feira
23 de novembro
2005

ADEUS, CASAMENTO!

Amigos,

Mais uma vez meus sonhos de casamento foram por água abaixo! Vocês acreditam que, quando eu e Belinha saímos com Manuel e Janu, eles se deram tão bem que nos esqueceram num canto e beberam sem parar a noite inteira?!

Lá pelas tantas, recebemos uns torpedos, o que nos fez muito bem! Só assim pra não nos sentirmos tão jogadas fora! Pelo menos alguém havia se interessado por nós, já que nossos namorados não estavam nem aí...

Quando abrimos os bilhetes, ficamos chocadas! Vocês acreditam que os dois estavam tão bêbados que Janu mandou um torpedo pra mim e Manuel pra Belinha? E, o que é pior, quando chegamos perto deles, não nos reconheceram! Fomos embora arrasadas e com a auto-estima destruída!

Beijinhos, Pit.

Quinta-feira
24 de novembro
2005

RECOLHIDAS POR UMA "VAN"

Amados,

Só quando saímos do bar nos demos conta de que estávamos num lugar totalmente deserto no meio da noite. Não passava um táxi, uma *van*, uma Kombi!!! De repente, como por encanto, uma *van* parou na nossa frente. Uma velhinha estava dirigindo. Perguntou se "estávamos em apuros" e nos recolheu, tal qual uma carrocinha recolhe cachorros abandonados...

A *van* estava lotada de velhinhos e velhinhas que voltavam de uma festa de solteiros. Alguns já estavam arranjados, e um senhor muito velhinho estava sendo disputado por duas senhoras. Lembrei que Pit tem uma queda por velhinhos e gelei!!!

Beijocas, Belinha.

Quinta-feira
24 de novembro
2005

CONHECI MEU AMOR NUMA "VAN"!

Amigos,

A vida é maravilhosa! Quando penso que não há mais solução para mim, o universo conspira a meu favor e coloca Waltércio em meu caminho!

Conheci Waltércio na *van*. Ele tem 91 anos, mas é um *gentleman* e muito bem conservado. Ficou viúvo três vezes, mas garanti a ele que comigo não corria esse perigo.

Alba e Wanda, as duas senhorinhas que disputavam Waltércio, ficaram arrasadas! Ao saírem da *van*, me xingaram muito, mas eu disse que elas já tinham tido a vez delas e que eu estava buscando a minha há muito tempo!

Belinha ficou roxa de inveja, e Waltércio disse que tem um pretendente ideal pra ela: seu primo Carvalhinho, bem mais jovem do que ele. Tem 87 anos. Vocês acham que Belinha vai gostar?

Beijinhos, Pit.

Sexta-feira
02 de dezembro
2005

DE VOLTA À ACADEMIA!

Amados,

Já que as simpatias que fiz para emagrecer não funcionaram, resolvi vir a um *spa*. Quero perder uns dois quilos! Sabem aqueles dois quilinhos que se instalam para sempre bem em volta da sua cintura, transformando-se numa bóia de estimação?

Pois é. Cheguei aqui totalmente determinada a eliminar de uma vez por todas esse meu acessório indesejável. É claro que Pit quis vir junto. Segundo ela, para descansar, mas eu sei o que ela quer neste *spa*...

Chegamos aqui e imediatamente me pesaram. Esse é sempre um momento muito difícil pra mim. Constatados meus dois quilos extras, parti imediatamente para meu programa de emagrecimento e fui para a esteira, caminhar durante uns 30 minutos pelo menos.

Fiquei sem graça de dizer que, desde que nasci, tenho problemas graves de coordenação motora. Só andei aos dois anos e meio! E mesmo assim porque estava ficando com calos nos joelhos de tanto engatinhar.

No início foi fácil, pois a velocidade era baixa e deu pra andar direitinho, mas com o tempo a velocidade ia aumentando gradativamente, e eu fui ficando proporcionalmente tensa. Comecei a ficar desesperada! Minhas pernas não me obedeciam mais, era como se tivessem adquirido vida própria, e, já fora do meu controle, chutaram uma à outra, me arremessando longe!

Beijocas, Belinha.

Sexta-feira
02 de dezembro
2005

"TSUNAMI" À PRIMEIRA VISTA

Amigos,

Enquanto Belinha sofria para perder aquela boinha que ela tem instalada na cintura, euzinha, que não tenho nada sobrando, fui dar uma volta pelo *spa*.

Caraca! O que mais encontrei por aqui foi tecido adiposo! Pensei: "Cadê os médicos? Cadê os magrinhos em final de tratamento?".

Gente, nada como a força do pensamento, que faz a energia girar e reciclar e voltar pra você na forma que desejou. No meu caso, na forma de um homem maravilhoso! Alberto era um espetáculo, com todos aqueles atributos que considero tanto: forte, abdômen definido, etc., etc., etc.

Uau! Nossas energias se encontraram, se cruzaram, deram um choque e nos arremessaram um nos braços do outro. Aquilo não foi nem amor à primeira vista, foi uma explosão, um espasmo, um *tsunami* à primeira vista!

A gente acabou de se conhecer, e a energia é tanta que ainda não conseguimos dizer uma palavra um pro outro. Tenho até vergonha de confessar que só sei o nome dele porque está escrito no crachá.

Vocês acreditam que ainda não ouvi a voz de Alberto? Gente, acho que estou me apaixonando...

Beijinhos, Pit.

**Sábado
03 de dezembro
2005**

NUNCA MAIS CORRO NA ESTEIRA!

Amados,

Levei três pontos na testa, ralei o joelho e abri o lábio. Minha boca inchou tanto que parece que um ser estranho se alojou no meu lábio inferior! Para dar os pontos, tive que raspar uma parte frontal dos cabelos, eliminando um pedaço crucial da franja!

E a franja não é apenas um adorno qualquer. Ela é cortada milimetricamente de forma a se adaptar harmoniosamente ao meu rosto!

Para completar, além do curativo na careca e do *alien* na minha boca, meu joelho ficou parecendo uma bola de futebol americano, aquela que parece que levou uma martelada no meio e cresceu pros lados. Não conseguia dobrar o joelho, gente! *Tsunami* à primeira vista!

Uma muleta foi anexada ao meu figurino. Um figurino totalmente dedicado ao momento *spa*. Gastei uma fortuna, passei seis cheques pré-datados para fazer um enxoval chiquérrimo, que foi totalmente maculado pelos curativos e a muleta!

Enquanto mancava no meio do corredor, indo para o refeitório, ouvi um "Psiuuuu!!!!" Olhei para um lado, olhei pro outro e vi um homem careca, de pernas finas, com uma tremenda protuberância estomacal.

Fiquei arrasada! Minha aparência deveria estar tão terrível que era só o que eu conseguia para me paquerar! Fingi que não ouvi e continuei meu caminho, mas ele fez "Psiuuuu!" novamente.

Parei e disse a ele que sentia muito, mas não estava a fim, e ele me disse que também não estava a fim de mim!

Minha auto-estima foi pro brejo, e já ia seguindo, indignada, quando ele me pediu, por favor, que o ajudasse a ir até o refeitório, pois estava tão fraco por falta de alimentação que as pernas estavam bambas!

Beijocas, Belinha.

Domingo
04 de dezembro
2005

A REVOLTA DAS GORDINHAS

Amigos,

Aquele homem era um deus do Olimpo caído na terra. Que pele, que braços fortes, que cabelos, que beijos, ai que loucura!!! O *spa* é o paraíso!

Claro que a maioria das pessoas não concordava muito comigo. Ficavam muito mal-humorados com aquelas folhas únicas de alface em cada prato e uma metade de cenoura crua.

Enquanto eles roíam suas cenouras, eu me fartava de tanto comer. Dizem que o amor faz a gente perder a fome. No meu caso, sempre foi ao contrário. Me dá uma fome! Está certo que ficamos um dia inteiro sem comer, trancados dentro do quarto, mas também, quando saímos de lá...

Enquanto eu me fartava com uma feijoada, levei uma

cenourada na cabeça. Olhei em volta e vi uma mulher gorda, muito gorda, olhando pra mim com expressão de ódio. Olhei para o deus sem entender nada, e ele me disse: "Não se preocupe. É só mais uma apaixonada por mim". Epa!, pensei. Como assim? Que sujeito mais metido!

Depois pensei: tudo bem. Não dá pra ser bonito daquele jeito sem ser um pouco metido. Fiquei um pouco mais tranqüila depois desta constatação, mas, em seguida, recebi outra cenourada e uma chuva de folhas de alface caiu sobre minha cabeça.

Quando vi, um exército de gordinhas furiosas olhava pra mim. E foi aí que Belinha entrou mancando refeitório adentro. Saí correndo e puxei Belinha pra ir comigo!

Beijinhos, Pit.

Domingo
04 de dezembro
2005

ACHO QUE NAMORO UM AMANTE PROFISSIONAL

Foi tudo muito desagradável.

Fui parar na emergência junto com a Belinha e um senhor careca que estava com ela. Fiquei com a testa e a cabeça cheia de galos por conta das cenouradas que levei.

Belinha estava furiosa comigo e disse que as enfermeiras contaram pra ela que o deus havia namorado quase todas as gordinhas do *spa*.

Falei pra ela que era tudo mentira. Elas estavam é com inveja de uma magrinha ter entrado no *spa* e conquistado o deus grego, que fazia... Qual era mesmo a função dele no *spa*? Nunca havia perguntado. Para falar a verdade, não tive tempo de perguntar sequer o nome dele. De repente me caiu a ficha. Será que ele era o namorador oficial do *spa*?

Beijos, Pit.

Segunda-feira
05 de dezembro
2005

PERDI DOIS QUILOS!

Depois de muita cenoura e muita alface, perdi os dois quilos extras que estava cultivando!

Meu amigo Oswaldo, o subnutrido, estava feliz da vida. Depois do evento do refeitório, comprou dois sacos de pão de queijo, três barras gigantes de chocolate e dois litros de refrigerante de um enfermeiro que vendia mercadorias cheias de calorias! Escondido, é claro... Uma fortuna!

Pit está em depressão por conta do deus grego. Descobriu que ele é um falso e que namora todas as mulheres que vê pela frente. É uma espécie de compulsão que ele tem.

Beijocas, Belinha.

Segunda-feira
05 de dezembro
2005

PRECISO ENGORDAR

Emagreci dois quilos no *spa* e agora estou num *spa* de engordar. Fiquei tão deprimida por ter perdido mais um pretendente a marido que praticamente definhei. Mas agora já ganhei meio quilo e estou superempolgada com o professor de relaxamento.

A gente come e dorme. Quando acorda, lancha e relaxa. Depois, janta e medita. É proibido qualquer tipo de exercício físico (seja ele qual for). Legumes, verduras e cenouras são alimentos proibidos!

Eu e o professor estamos esperando para nos exercitarmos depois que sairmos daqui...

Beijos, Pit.

Segunda-feira
12 de dezembro
2005

PESADELO EM FAMÍLIA

Amados,

Tive um sonho terrível! Sonhei que estava dormindo e um terremoto padrão 7 da escala Richter havia começado bem embaixo do bar. Tentava acordar, mas não havia jeito, e tive certeza de que minha hora havia chegado quando comecei a balançar inteira.

Já que não conseguia acordar, comecei a gritar por socorro. O balanço era tamanho que acabei acordando. Dei de cara com a Pit, que me sacudia igualzinho a minha prima Rita sacudia o carrinho do primeiro filho dela, o Armandinho, quando ele não dormia. Ela sacudia tanto o carrinho que acho que o cérebro do garoto descolou e ele ficou meio pancada.

Quando vi Pit na minha frente, me abracei a ela, agradecendo por ter me acordado. Pulei da cama, segurei sua mão e, de pijama e tudo, saí correndo porta afora, gritando que era para todos fugirem dali. Mico total!!!

Eu de pijaminha, aos berros, e Pit de camisolinha, no meio

da rua. Pit começou a me sacudir novamente, dizendo que eu estava louca, e, quando me dei conta de que estava mesmo louca, já era tarde. A rua inteira estava em volta de nós duas, e ainda tivemos que ouvir comentários tipo "Gostosa", "Quero dormir com você!", ou então: "Que pouca vergonha!", " Eu sempre disse que essas duas eram muito salientes". Salientes? A última vez que alguém me chamou de saliente foi minha bisavó!

Quando finalmente conseguimos voltar pra casa, Pit me disse que eu tinha que ir com ela até Campo Grande, no Mato Grosso, pois o marido da prima dela havia trancado ela e a mãe dentro de casa e disse que não destrancava a porta de jeito nenhum!

Disse a Pit que era só chamar o chaveiro, ou o Corpo de Bombeiros, ou a polícia, mas Pit disse que não dava. A família dela era muito conhecida por lá, e eles não queriam escândalo. Fiquei sem entender por que ela tinha que ir tão longe só pra abrir uma porta!

Beijocas, Belinha.

Segunda-feira
12 de dezembro
2005

VOU REVER MEU NAMORADO DE INFÂNCIA!

Queridos,

Depois que a Belinha nos fez passar o vexame de amanhecer de camisola no meio da rua, consegui convencê-la a ir até Mato Grosso comigo. Disse que lá está cheio de fazendeiros maravilhosos, com seus gados maravilhosos. Apesar de disfarçar, ela achou bem interessante.

Minha prima Dorotéia estava trancada dentro de casa com a mãe, pois o marido cismou que ela estava de caso com o marido da vizinha. As duas me ligaram, desesperadas, e pediram que eu desse um pulinho até lá para tentar convencer Neco, o marido, de que tudo aquilo era mentira.

Eu e Neco fomos namoradinhos na infância. Éramos tão apaixonados que queríamos formar uma família e ter cinco filhos. Neco Jr., Pit segunda (pensamos em colocar Pit Júniar, mas achamos melhor segunda), Teca, Teco e Beto.

Um dia, meus pais nos descobriram dentro do armário da lavanderia e nos proibiram de ver um ao outro. Meu coração partiu. Eu tinha 9 anos. E, de fato, nunca mais nos vimos.

A partir daí, minha vida sentimental começou a ser o desastre que vocês já conhecem.

A verdade é que no fundo, bem lá no fundo mesmo, nunca nos esquecemos um do outro, e Dorotéia e minha tia Doralice têm certeza de que Neco só ouvirá a mim.

Fiquei muito nervosa ao pensar que finalmente irei rever Neco!

Beijinhos, Pit.

Quarta-feira
14 de dezembro
2005

NINGUÉM MERECE VÔO COM ESCALA!

Amados,

Espero que Pit reconheça o tamanho da amizade que tenho por ela. Todos os vôos diretos para Campo Grande estavam esgotados, só tinha vôo com umas 327 escalas.

Amor, eu sou uma mulher que só faz vôos diretos. Imagina se eu ia ficar naquele sobe e desce? Nem pensar! Tenho certeza de que não é nada bom para a musculatura em geral. Pressuriza, despressuriza. Pressuriza, despressuriza. Presta atenção! Gasto uma fortuna em cremes, fortificantes, tonificantes, hidratantes, paralisantes... para acabar com tudo numa viagem só para destrancar uma criatura?

Fui até o balcão e implorei por um vôo direto. Disse que iria em pé, no banheiro – claro que cederia meu lugar para quem precisasse dele por um período mínimo –, mas eles foram irredutíveis!

Pensei: "Ah, é guerra? Ok, também serei irredutível e não arredarei o pé daqui!".

Beijocas, Belinha.

Quarta-feira
14 de dezembro
2005

SERÁ QUE O DESTINO ME TRANCOU PARA EVITAR QUE EU ME ENCONTRASSE COM MEU EX?

Amigos,

Acho que o terremoto do sonho da Belinha descolou o cérebro dela igualzinho a prima dela fez com o cérebro do Armandinho! Cismou que só iria num vôo direto e se recusou a sair do balcão enquanto não encontrassem um jeito de nos embarcar no tal do vôo que já estava lotado!

Estava me sentindo uma colecionadora de micos. Era a segunda que Belinha me aprontava naquele dia. Fiquei tão sem graça que disfarcei e disse que precisava ir ao banheiro. Cheguei ao banheiro, entrei numa daquelas cabines e, quando fui sair, quem disse que a porta abria?

Era só o que me faltava! Dorotéia trancada em casa lá no Mato Grosso, e eu trancada dentro do banheiro aqui no Rio de Janeiro...

Beijinhos, Pit.

Quinta-feira
15 de dezembro
2005

CONSEGUI A PASSAGEM!

Preciosos,

Guerra é guerra, e, apesar de ser totalmente pacifista, comecei a travar minha batalha. Ataquei o primeiro que apareceu no *check in*. Fui logo dizendo que sabia, de fonte segura, que aquele equipamento era de péssima qualidade. O freio não estava funcionando, o pisca-pisca do lado esquerdo tinha queimado e o cano de descarga estava furado. A pessoa me olhou desconfiada e comprou assim mesmo.

Não me considero vencida assim tão facilmente. Chegou um casal de velhinhos, acompanhado da filha. Cheguei perto dela e disse que a aeromoça, que era minha irmã de criação, tinha me dito que, como a companhia estava em dificuldade, tinha colocado pouco combustível no avião. Era a conta de sair daqui e chegar lá. Se tivesse assim um engarrafamento aéreo ou o avião tivesse que desviar de um urubu, já era. A filha e o casal arregalaram um olho deste tamanho e resolveram comprar a passagem no balcão de outra companhia.

Olhei vitoriosa para o funcionário, que teve que me vender as duas passagens!

Quando me virei para dar a passagem da Pit, cadê ela?

Beijocas, Belinha.

Quinta-feira
15 de dezembro
2005

NÃO CONSIGO SAIR DO BANHEIRO!!!

Amigos,

Eu gritava por socorro, trancada dentro daquele banheiro, e ninguém me ouvia. Fiquei muito intrigada. Será que ninguém naquele aeroporto tão grande estava com vontade de fazer xixi?

Tentei pular a porta, mas minha calça estava muito apertada, e eu não conseguia levantar as pernas mais do que uns 30 graus.

De repente, as luzes se apagaram e entrei em pânico. Seria um *blackout*? Teria sido o sonho da Belinha uma premonição e tudo começaria a tremer? Seria talvez o fim dos tempos?

Diante dessas questões, resolvi que não ia terminar meus dias sozinha, trancada dentro do banheiro de um aeroporto! Quando estava me preparando pra chutar a porta até arrebentar, ouvi uns passos e umas risadinhas abafadas. Fiquei na dúvida se deveria gritar ou não. E se fossem terroristas que haviam cercado e tomado o aeroporto com todo mundo que estava dentro de refém?

Ai, ai, ai!!!! Abracei minha bolsa, fechei os olhos, me concentrei e tive a certeza de que Bruce Willis ou aquele esquisito maravilhoso – Benicio del Toro – viriam me salvar...

Beijinhos, Pit.

EDITORA GLOBO

Texto: Tiza Lobo
Preparação de texto: Eliana Rocha
Revisão de texto: Fátima Couto
Ilustrações: Fernando Duarte e Maurício Ricardo
Foto da capa: Marcio de Souza

EDITORA GLOBO S.A.
Av. Jaguaré, 1485 – São Paulo, SP, Brasil
CEP 05346-902
www.globolivros.com.br

Dados Internacionais de Catalogação na Publicação (CIP)
(Câmara Brasileira do Livro, SP, Brasil)

Lobo, Tiza
Sob nova direção / Tiza Lobo. -- São Paulo :
Globo, 2006.

ISBN 85-250-4138-6

1. Sob nova direção (Programa de televisão)
2. Televisão - Programas - Humor, sátira etc.
I. Título.

06-2628 CDD-791.4570207

Índices para catálogo sistemático:
1. Programas de televisão : Tratamento humorístico
791.4570207